创作之伞

——国文字著作权保护纪事

李燕燕　张洪波　著

重庆出版集团
重庆出版社

图书在版编目（CIP）数据

创作之伞：中国文字著作权保护纪事 / 李燕燕，张
洪波著 . — 重庆：重庆出版社，2024.3
ISBN 978-7-229-18516-9

Ⅰ . ①创… Ⅱ . ①李… ②张… Ⅲ . ①报告文学—中
国—当代 Ⅳ . ① I25

中国国家版本馆 CIP 数据核字 (2024) 第 061283 号

创作之伞——中国文字著作权保护纪事

CHUANGZUO ZHISAN——ZHONGGUO WENZI ZHUZUOQUAN BAOHU JISHI

李燕燕　张洪波　著

图书策划：李　子
责任编辑：李　子　刘星宇
责任校对：陈　琨

重庆出版集团
重庆出版社　出版
重庆市南岸区南滨路 162 号 1 幢　邮政编码：400061　http://www.cqph.com

重庆升光电力印务有限公司印刷
重庆出版集团图书发行有限公司发行
E—MAIL:fxchu@cqph.com　邮购电话：023-61520646

全国新华书店经销

开本：787 mm×1092 mm　1/16　印张：11.75　字数：200 千
2024 年 3 月第 1 版　2024 年 3 月第 1 次印刷
ISBN 978-7-229-18516-9

定价：55.00 元

如有印装质量问题，请向本集团图书发行有限公司调换：023—61520678

序一：别具一格的『文学普法』

陈建功

　　群众出版社主办的《啄木鸟》杂志，是很有影响的公安法治文学月刊。至今还记得它刊发过《追捕"二王纪实"》《抉择》《打假进行时》等作品，这些作品的影响力不止于文学界，一时被各界读者广为关注。最近该刊又有长篇报告文学《创作之伞——中国文字著作权保护纪事》（李燕燕、张洪波著，《啄木鸟》2023 年第 10 期和 11 期）刊发，便更有先睹为快的期待。首先，忝为中国文字著作权协会（下称"文著协"）的会长，关注这一话题是题中应有之义。再者，在我的视野中，纪实类文字题材多样，但以此为选题的作品却极为少见。

　　著作权法颁布实施 30 多年来，我国的著作权保护取得了长足进步。著作权法为保护文学、艺术和科学作品作者的著作权，以及与著作权有关的权益，为鼓励有益于社会主义精神文明、物质文明建设之作品的创作和传播，促进文化和科学事业的发展与繁荣奠定了基础。著作权法保护并激发了创作者的创作积极性，对营造创新型社会是巨大的推动。应该说，著作权法的实施过程，是一个不断完善不断修订的过程，也是广大著作权人不断加强对著作权法的了解和认知的过程。

有过维权经历的人，对著作权法的某些方面，或许有所了解，然而对大部分人，甚至是著作权人来说，关于著作权维权，虽粗知者渐多，但具体到自身的权利和义务，却都不甚了然。至于对"证据保全""技术保护措施"以及"版权登记"等维权手段，都未必了解。而某些版权合同，少的三五页，多的十几页、几十页，枯燥的法律术语、专业词汇，绕来绕去的条文，搞不清的权利、义务关系和法律责任，令很多作家头痛。进入网络时代，我们又有更多陌生的话题了。比如：知识资源平台传播、影视作品改编、有声读物制作等，都有哪些法律规定？签署图书出版合同、影视改编合同、有声读物许可合同等各类版权合同需要注意哪些问题？应小心哪些版权陷阱？电商平台销售盗版图书，知识资源平台不告而取，有声读物平台擅自录制传播作家作品，网络转载瞒天过海……面对越发复杂的版权问题，说它每每使人"一头雾水"并不为过。

由此观之，著作权普法工作真是任重道远。

做好这工作，不仅需要不遗余力、持之以恒的服务精神，而且需要深入浅出、生动有趣的实践案例，需要条分缕析的剖析和直抵人心的描述。这就是我读了《创作之伞——中国文字著作权保护纪事》后为之欣喜的原因。我以为，这部长篇报告文学具有如下几个特点：

第一，专业版权问题，文学语言表达，故事性强。张洪波主持文著协秘书处工作 15 年，直接参与推动著作权法第三次修改、推动国家制定教材法定许可付酬办法和提高报刊转载稿酬标准，参与经办的"谷歌数字图书馆侵权门""百度文库事件""苹果应用商店事件""文著协诉中国知网"等案例、实例，都具有很高的社会关注度。他的版权实务经验丰富，经常有文章见诸报刊，是很有影响力的版权实务专家。李燕燕是近年来国内颇具影响力的青年女作家，以非虚构写作见长，尤其关注社会热点、焦点、难点问题，近年来注重开掘法治题材，推出了《无声之辩》《我的声音，唤你回头》《"赢了官司"以后》等一系列社会反响良好的纪实文学作品。她善于叙事，文字清新优美。二人作为作者，可谓优势互补，非常难得。

第二，版权案例知名度高，很多是作者亲自处理或采访的，有很强的代入感。"剑网行动"是国家版权局、公安部、工信部、网信办联合开展的网络版权专项治理行动，至今已经19年，被四部委挂牌督办的都是具有较大社会影响的案件，本文中也多有介绍。文著协处理或参与处理的很多案件对提振作家维权信心、规范行业发展具有典型社会意义，作者采访的案例也很有代表性。

第三，案例丰富多样，涉及图书出版、法定许可、影视改编、抄袭剽窃、洗稿、合作作品、公版作品、网络转载、数字教育、版权交易平台等领域，既有对案例、事件的通俗易懂的分析，也有作者独特的观点见解与思考，还不失时机地介绍了新修改著作权法的亮点，有利于读者从具体的案例中理解著作权法的具体条文。

第四，文学普法。这部作品的最大特色，是以作家们所经历的版权故事、典型案例为主线，用报告文学的方式，"科普"国人并不了解但又非常重要的版权重点及"冷知识"，是别具一格的"文学普法"。一个个熟悉的版权案例、版权热点事件经过作者的梳理，以严谨而又轻松的故事，展开于我们面前。这些故事，把30年间发生的许多重要的版权案件和事件原委交代得清清楚楚，分析得丝丝入扣，让我们切实感受到中国在文字著作权保护方面所做的努力；这些故事基本勾勒了中国著作权法实施至今的历程，也可以说以一窥全，见证了当代中国日益进步的法治进程。专业的案例、文学的讲述，使原本生硬的法律条文找到了直抵人心的入口。就我的阅读感受而言，关于著作权保护的不少疑惑，也从这些故事中获得了某种豁然开朗的欢喜。

这应是著作权普法与文学表达的成功相逢。

屈指算来，我担任中国文字著作权协会会长，已经整整15载。其间，很多作家向我反映版权困惑、维权遭遇，因为不是专业人士，我只好敬谢不敏地一并把问题直接转给协会秘书处处理。应该说，文著协对作家们的帮助是真诚的、热情的，为此也使我愧领了许多谢忱。尽管文著协秘书处团队都很敬业、专业，但是仍有很多版权问题的解决不能尽如人意。其中自然有诸多原因，如有的版权问题不属于文著协的法定职责范畴，有的属于法律法规不明确或执法层面问题，有的属于取证难、诉讼时效的问题，等等。看完文稿，我感觉，二位作者已然付出了极大努力，成果是可喜的，但对我国乃至世界各国在著作权保护领域的发展历史，似乎还可展开更宏阔的视野；对现行《著作权法》及其施行中问题的思考，似乎还可展开更深入的探讨。期待二位作者以及更多的作家继续关注文字著作权保护，因为这关系我们个人以及作家群体的切身利益，关系文艺工作的创新发展。

文字著作权与每个创作者息息相关，与文学事业繁荣发展息息相关，是一个社会文明程度的重要标识。

期待着，广大创作者和读者通过这部作品能重新认识文学作品的版权价值和版权的作用。

期待着，广大创作者在版权之伞的呵护之下，体现创新价值，劳动获得尊重，作品传播更有意义。

（作者系中国作家协会原副主席、中国文字著作权协会原会长）

序二：

打开了一把创作的大保护伞

——简评《创作之伞——中国文字著作权保护纪事》

丁晓原

报告文学虽是一种文学文体，但它又具有某种切实的实用功能，尤其那些题材有着特指性或专业性的作品，对于推动相关工作或引导社会对相关重大议题的关注等更具直接的意义。著名青年报告文学作家李燕燕有为于这一文体的创作，写作了不少有影响的优秀长篇作品，她的涉法题材的非虚构叙事在界内更是独树一帜。《无声之辩》"让法律细雨沁润无声世界"，《我的声音，唤你回头》，讲述的是"与《民法典》关联的女性权益故事"。这些作品的价值已不只是体现在文学方面，而更具有法律价值和诸多的社会意义。这次，李燕燕与张洪波合著的新作《创作之伞——中国文字著作权保护纪事》，是作者这一类题材写作的进一步开拓。作品打开了一把很大的创作保护伞。所谓"打开"，就是它以非虚构的方法传播相对静态的、封闭的专门法律，既具有法律的专业性，又具有文学的故事性和可读性，由此使其走进大众的视野，发挥特殊的普法作用，保护促进中国原创文学艺术作品的高质量发展。这样的作品，自然很值得我们关注阅读。

报告文学其重要的特征是报告性，"报告性"可以解读为信息性。具有一定容量的有效的新信息的报告，是这一文体价值生成的基本硬件。《创作之伞——中国文字著作权保护纪事》给予读者的是关于中国文字著作权保护方面专门的系统的信息以及有关的案例故事。此前，一般的社会读者对于中国文字著作权保护等相关法律法规并不关注，即使是文字工作者也对此知之甚少，有的也只是碎片化的了解。我阅读这部作品，第一感觉好像是选修了一门新的课程。《创作之伞——中国文字著作权保护纪事》，给我们传授了关于中国文字著作权保护的专门知识。从其基本结构的设置看，作品可以说是一部简明的中国文字著作权保护史。从中我们知道，中国"著作权"的概念，"早在中国封建社会时代便已有萌芽"，"这一概念的诞生，源于古代印刷术的发明和普及"。作品以《中华人民共和国著作权法》的立法酝酿、首次正式立法、颁布和三次修订作为叙事的重要纵线，记写立法或修改的背景、说明具体的法律要义，通过个案插叙说明著作权法的时代价值与社会意义。它既是中国著作权法发生及其"进化"重要事项的具体叙事，同时由此也映照出当代中国法治化的历史进程和社会文明程度提升的历史演进图景。

党的二十大全面擘画了实现中国式现代化的宏伟蓝图。中国式现代化的建设，需要我们进一步推进国家治理体系和治理能力的现代化建设，而其根本点是依法治国，以宪法和法律规范国家、团体和公民的行为。社会主义文化建设是现代化国家建设的重要组成部分，社会主义文学是社会主义文化的重要基础。加强著作权法等法律普法宣传教育，对于提高文艺创作者、社会公众的版权意识和全社会对创作者著作权的重视，进一步繁荣社会主义文化的可持续发展，促进中外文明交流互鉴等，具有重要的现实意义和历史意义。《创作之伞——中国文字著作权保护纪事》是首部以长篇报告文学的形式反映著作权保护题材的作品。置于这样的背景来阅读这部作品，我们就可明显见到它重要的题材价值和主题的时代价值。

法律具有其专门的话语体系，一般情况下不容易为社会公众所认知理解，所以李燕燕和张洪波特别注意以案说"法"，帮助读者通过具体的案例认识著作权法的规定，侵权违法的原因、惩处等的依据等。《创作之伞——中国文字著作权保护纪事》将2020年11月11日第十三届全国人大常委会第二十三次会议表决通过、2021年6月1日正式实施的新版《中华人民共和国著作权法》，作为"保护纪事"的主要背景和依据，用五、六两章对新著作权法的价值和亮点作了详细的解读。新著作权法对作品给出了科学严谨的界定，基于新的文化生态、新的文化生产方式和传播方式，对"人们的日常娱乐、学习生活，无论是看新闻，还是看综艺节目、体育赛事转播，抑或是文学创作、影视改编、文创开发、版权质押、版权运用与市场价值转化"等与著作权相关的行为都作了调整和规范。为了说明新著作权法的"新"及其意义，作品选用许多具有典型性的案例，对"拼接"作品、单纯事实消息、合作作品权利、公版书的版权底线、数字教育著作权、网文平台版权等常见的涉及版权问题的"法"与"非法"的事项作了具体通俗的例说。这样的以案说"法"，以具体感性的材料解读专业法律条文，对于著作权法的普法可以收到事半功倍的效果。

《创作之伞——中国文字著作权保护纪事》其中有法律的相关内容，但却不是一部专业的法律著作；具有普法的价值，却也不是一种普法读本，而是一部非虚构文学作品。两位作者在以案说"法"之外，注重以文载"法"。《创作之伞——中国文字著作权保护纪事》被列入中国作协2023年度重点扶持作品项目，作品的写作运用的是非虚构的文学思维方式。作者的组合恰好对接融合了此类作品优化创作的基本要素。张洪波担任中国文字著作权协会总干事，更熟稔著作权法，了解更多的著作权保护方面的种种案例；而李燕燕则富有报告文学的创作经验，对文学非虚构叙事训练有素。本部作品的文学性突出地体现为故事性。第一章的正文"从马尔克斯访华说起"，马尔克斯以《百年孤独》获得诺贝尔文学奖，获奖不久即应邀访华。作品导入了作者发现《百年孤独》在中国被盗版侵权而提前结束行程的故事，故事虽短却具有戏剧性和场景化，对于本部作品主题的书写颇具表现力。这样的方式超出一般读者的阅读想象，对于读者的阅读有一种强烈的牵引作用。由此可见，李燕燕、张洪波的"著作权保护纪事"是经心的，也是精心的。总之，这是一部读而有得、得而有益的作品。

（作者系中国报告文学学会副会长）

自序：

我们为什么要写『著作权』？

李燕燕

　　2018 年的深秋，我在四川的一座小城与亲戚朋友聚会。突然，一个朋友念初中的女儿走过来，对我说："阿姨，你是作家吗？"我点点头，她拍拍手："你好厉害呀，上周的语文单元考试卷上都有你的文章呢！"咦，这是什么时候的事呢？我怎么一点信息都不知道呢？我一脸错愕，女孩子继续说道："那篇文章叫《周子古镇》，是卷子上的一道阅读理解题，一共 20 分呢，我都答对了。"我待要问那张卷子，小女孩已经被另外几个孩子叫走了。

据说，那张满分150分的语文单元测试卷在下发给学生纠错后，又被老师收了回去，所以我没法亲眼看见那张莫名便把我的作品收为试题的卷子。过了一段时间，这件事情被我渐渐淡忘。到了年底，因为要搜集几年来的作品发表链接，我便在手机百度上展开搜索。《周子古镇》这篇原发于2016年《经济日报》副刊的千字小散文，按照搜索排列，排在最前面的，竟然是某市人教版八年级上册第五单元测试题，《周子古镇》在这里被用作一道阅读理解大题——每一段的最前面标上了序号，文末附了5道小题：1. 文章的第①段在全文中起什么作用？2. 第③段是怎样来表现"悠远的岁月"这一中心的？3. 怎样理解第④段画线句子中"低调"一词的妙用？4. 文章是以怎样的写法来组织全篇的？找出标志性词句。5. 第⑦段是从哪些角度来写作的？融会着作者怎样的思想感情？

看看试卷上传网络的时间，是2018年8月29日。

难道这就是那个初中女孩提到的试题？我确实毫不知情！我压根不知道什么时候我的一篇公开发表的小散文就变成了试题，而且试卷编写者设计的一系列问题，连我这个作者都觉得答不上来，莫非他们手里还有标准答案？虽说，看着自己的作品被选为试题，让孩子们阅读学习思考，算得一件能引发成就感的好事，但我隐约觉得这里面掺杂着令人不大愉快的东西。那时，我尚不通《著作权法》，很少把文学创作的相关事项提升到法律的高度，最多也就是道德谴责——对于抄袭、剽窃之类行为的不齿，对于"甲方"不遵守承诺、出版社拿走作者大部分权益的愤恨……相信许多作家那时与我一样，没有一字一句好好读过《著作权法》的，大有人在。

惊奇之后，我的心被吊住了，默默往下翻动搜索，我发现《周子古镇》这样区区一篇副刊小文的"出场情景"可谓五花八门，不止是试卷，还有"某门书局"出品的"某东中学七年级现代文课外阅读"等好几个教辅材料。除此，《周子古镇》还被几个与我素昧平生的网站转载，有的没有注明作品原发出处，有的甚至没有作者署名。

越看越不安。于是，我把看见的这些情况截了几张图发在朋友圈，同时也提出了自己的疑问：难道作品不经作者同意就能作为教辅资料或试卷考题应用？转载倒是常见，但转载不应该给作者署名并发放稿费吗？

半小时后，我收到了一位鲁院同学的微信，这是一个颇有名气的美文作家。

他告诉我，我被侵权了，而他早在几年前就碰到了这样的情况，目前正在与侵权方进行谈判。觉察到我的犹豫，他说："这种情况一定要密切关注并且果断维权。虽说应使孩子们受益，但作家自己的权益也应得到保障呀。"

自此，我开始关注《著作权法》这个与写作者切身权益密切相关的法律。

2019年冬天，我接触到中国文字著作权协会（简称"文著协"），其时，这个著作权集体管理组织正在为"学习强国"平台代发转载稿费。由诸多知名作家组成的群里，我在一篇普法文章里读到一个与我遭遇类似的案例，这篇文章是由时任文著协总干事的张洪波撰写并发表在《教育与出版》杂志2013年第6期上的——

作者江河（原名于友泽），旅居美国。2012年他发现，自己发表于20世纪80年代的诗歌《祖国啊，祖国》被选入某大型教育出版社出版发行的某义务教育语文自读课本中，达5年之久，该社未经他许可，也未支付相应稿酬，遂在回国时将该出版社诉诸法院，要求法院判令对方停止出版涉案课本，赔偿损失100万元。

出版社辩称，该社在使用涉案作品前，已委托中国作协权益保障委员会代为转付稿酬，但作者长期居住国外，作品又署的是笔名，因此无法找到其住址，所以转付的稿酬无法送达，愿意按照相关规定支付稿酬。

法院经审理认定，涉案课本属于为实施九年制义务教育而编写出版的教科书。该社有权在课本中汇编于友泽已经发表的作品，但应向其支付报酬。法院找到了该社曾经委托转付稿酬给于友泽但未能联络到他的相关证据，认为该社不具有不支付稿酬的主观恶意。于是，法院依据国家关于作品报酬支付标准、作者的知名度、涉案课本的性质等因素，判决出版社向于友泽支付稿酬及利息2000元，对于友泽要求停止出版含有涉案作品的涉案课本的诉讼请求不予支持。

此案的关键不在于出版社"支付"或"赔偿"的2000元高或低，最关键的一点是，出版社的涉案课本是教科书还是教辅？进而对于侵权责任怎么定性的问题。

经查看该出版社网站，得到如下信息：该书书名开宗明义"自读课本"，而非教科书，且该书封面和封底均无"教育部审定"字样，该书与其他年级的语文自读课本排列于该网站"单学科配套教学资源"项下的"语文读本系列丛书"。该网页是这样宣传的："一套由某教版教材编者、著名学者和全国优秀教研员倾力协作，为中小学生打造的优秀语文教学辅助读物。从小学到高中，与教材同步配套。小学同步阅读、初中自读课本、高中语文读本。"该书即在"初中自读课本"系列中。进而介绍"自读课本的选文力求文质兼美……与教科书配套使用，既可以为课内学习提供有益的背景资料和相关信息，又可以成为教师考查、训练学生阅读能力的练习材料，甚至可以替换课内学习的课文，成为教师引导学生自主学习的一种鲜活的素材"。"自读课本是教科书的延伸、拓展和深化，两者相互呼应，相互衔接……"最最明显的是，该网站显示的该书封面为："义务教育课程标准实验教科书配套教辅图书：语文自读课本。"网站征订单也是这样表述的；而且，在该网站另一页面，该书为"同步教学资源"。

看到这里，我们就能够非常清楚地断定，收入涉案作品的书不是教科书，而是教辅图书。这本书对作者作品的选用，不属于《著作权法》规定的"法定许可"，不能适用《著作权法》第二十三条关于为实施九年制义务教育和国家教育规划而编写出版教科书可以"先使用后付费"的规定。既然不属于"法定许可"，出版社就必须在编写出版前，获得作者的授权，并且协商稿酬标准后，才能收入；否则，就是侵犯作者著作权。

法院将该书认定为教科书，进而适用"法定许可"的规定，大大降低了出版社的侵权责任，即出版社仅仅侵犯了作者的获酬权，仅仅没支付稿费。而按照《著作权法》第四十七条、第四十八条的规定，出版社未经著作权人许可，复制、发行了包括涉案作品的教辅图书，应当承担停止侵害、消除影响、赔礼道歉、赔偿损失等民事责任。也就是说，出版社的行为不但侵犯了作者的许可权，还侵犯了复制、发行权和获酬权。法院认定事实错误，适用法律错误，出现错案，此种误判实属不该。

笔者在失望之余，也不禁疑问，难道连法院都在为侵权教辅出版单位主动开脱或者减轻罪责？难怪教辅侵权之风愈演愈烈！

另外，笔者从该社网站找到了这首诗歌的全文是130行。根据国家规定，诗歌10行为1千字，130行即13千字。按照国家版权局的有关规定和北京高院的指导意见，作者完全可以按照1999年《出版文字作品报酬规定》的稿酬标准千字 100 元的 1 倍以上、5 倍以下向对方主张赔偿（即 1300 元至 6500 元），同时赔偿合理的诉讼费用，并可以要求停止发行，赔礼道歉。另外，该社将涉案作品全文在该社网站全文展示，也侵犯了作者的信息网络传播权，也应该承当侵权赔偿责任。

合上书页，我长叹一口气，原来，《周子古镇》遭遇的正是著作权被肆意侵犯的情况。

被侵犯就应该维权啊！否则，侵权事件会因为作者的不闻不问或是回避退让，只会愈演愈烈！

事实上，不止我和我的那位鲁院同学，我走访的绝大多数作家，都遭遇过被各种出版社教辅资料滥用作品的现象。多数作家选择找上门去"理论"，结果是两种：有人靠着不依不饶的倔强，获得了补发的一点点稿酬，更多的人，被无良出版方以各种理由搪塞，一无所获。

就像我，通过多方问询，终于找到了某个涉事的出版单位。他们态度诚恳，主动表明他们的编审工作确实有失误，同时向我承诺，稿费过段时间一定发放。然而，我一直等到 2021 年下半年，也未见那笔微薄稿费的任何踪迹。渐渐地，电话也不大能打通。我想过靠法律维权，便询问那些被侵权也没有下文的文友："你为什么不去告他们？"

"打官司？就为了那几个钱？过程太繁复，也太不值当。再说，你一个文人身单影孤、势单力薄，人家是一个单位组织，有自己的法务，也不见得能告赢吧？"一个文友对我说。

这位文友的随笔写得很好，因此，不仅常常"被动"在各种中学语文教辅图书中露面，连她发表在某报副刊的一个千字游览随笔——写了西南某个小城的历史故事，都直接被这座小城的文旅部门用在了景点的游客中心，成为墙面上张贴的景点介绍的组成部分。关于对方的这个"应用"，这位文友起初并不知情，直到有熟人在景点看见署着她名字的文章，兴奋地在电话里告诉她，她才知道自己的作品又被人无偿使用了。

"我们那个景点，最闹热的时候一天有两三万游客的流量，你的文章贴在那里，等于也给你的文笔做了宣传，这是双赢的好事。你是作家，作家谈钱就太俗气了。"交涉中，景点负责人振振有词，似乎还站在她的角度思考问题，"……你要告我们？行，去告，最好连咱们市文旅局一块告上去。你这篇文章是在报纸上登过的，我们只是转一下，要负多大法律责任？！"

作家其实并不孤单，作家的身后也有维护自己权益的组织。比如，中国作家协会权益保障委员会、中国文字著作权协会，等等。

——中国作家协会作家权益保障委员会办公室（简称中国作协权保办）负责中国作家协会作家权益保障委员会的日常工作，无偿为中国作家协会会员提供著作权保护服务，通过调解等方式解决相关著作权问题。

4月26日是世界知识产权日。为全面提升著作权的创造、运用、保护、管理和服务水平，最大限度挖掘文学作品潜能和空间，切实提高广大作家的幸福感、获得感，激发全社会创新活力，奋力推进新时代文学高质量发展，中国作家协会权益保护办公室于2022年4月启动"著作权保护与开发主题月"活动。活动贯穿4月始终，通过线上线下开展包括启动仪式、合作签约、普法讲座、版权开发座谈、能力培训、网络公开课、纠纷调解、知识问答、宣传报道等形式多样的活动，主题月全力营造著作权保护与开发的浓厚氛围，增强广大作家著作权保护与开发的意识和能力，探索新时代文学背景下著作权保护与开发工作的新思路、新办法，主要包括优秀文学作品衍生转化的重点推介活动、全国文学作品著作权保护与开发平台正式运营启动仪式、著作权普法讲座等10项内容。

——2009年7月30日，国家版权局发布了《关于明确中国文字著作权协会"法定许可"使用费收转职能的复函》，明确指出，中国文字著作权协会是向著作权人转付报刊转载、教科书"法定许可"使用费的法定机构。2013年10月22日，由国家版权局、国家发展和改革委员会共同颁布的《教科书法定许可使用作品支付报酬办法》中第六条规定："教科书汇编者未按照前款规定向著作权人支付报酬，应当在每学期开学第一个月内将其应当支付的报酬连同邮资以及使用作品的有关情况交给相关的著作权集体管理组织。教科书汇编者支付的报酬到账后，著作权集体管理组织应当及时按相关规定向著作权人转付，并及时在其网站上公告教科书汇编者使用作品的有关情况。"

自2014年11月1日起正式施行的《使用文字作品支付报酬办法》第十三条进一步明确了文著协的法定地位："报刊出版者未按前款规定向著作权人支付

报酬的，应当将报酬连同邮资以及转载、摘编作品的有关情况送交中国文字著作权协会代为收转。中国文字著作权协会收到相关报酬后，应当按相关规定及时向著作权人转付，并编制报酬收转记录。"

"明确讲，作家有维权'靠山'。更关键的是，咱们自己首先要有维权的意识和胆气，而不是在气焰嚣张的违法侵权行为面前退却让步。"张洪波说。

2021年，某个作家群有人提问，说有一个作品想要去登记版权，却不知该去哪个部门登记。群里长久的沉默后，有人说应该到市里的版权局，也有人说是市版权中心，至于地点，更是说法不一。在我的印象中，也有人问及尚未出版发表的作品是否能够登记版权。在此之前，有作家拿着刚刚完成的长篇手稿向资深前辈请教、向各出版社投稿，前辈们连声称赞，出版社那里则如泥牛入海一般杳无音讯。两年后，竟然有人出版了与他题材相同且人物、结构十分相似的作品，并且登记了版权。这位作家看着心血被盗取，却连还手之力也没有。事实上，类似的侵权现象并不少见。一位在山沟里的贫困村工作了整整两年的驻村第一书记，用心写下长达20万字的"驻村工作日记"，里面有满满的故事和感触。原本他想有空把这些真情铸就的手稿整理出版，结果村子里碰巧来了一位采风的全国知名作家。应作家需求，这位第一书记把这本"驻村工作日记"借给作家参考。不久之后，那位作家的大作出版，"驻村工作日记"几乎被全数引用。苦恼不已的年轻的第一书记找到了某省作家协会，想请组织出面讨还公道，但一切为时已晚。作协的法务告诉他，因为那位作家抢先出版，你的这本日记却从未申请过任何版权保护，而且那位作家还有录音证明你当时同意他使用日记内容，所以走法律程序维权已经很难。所以，才有人由此警觉，想要把手头刚完成还未去找出版方的作品先行"打好印记"。这未尝不是作家著作权保护意识觉醒的一种表现。

一切皆在向好。一位长期从事知识产权保护的律师告诉我，几年前在一次党派组织的沙龙活动中，他随机问在场的几位作家对于著作权的认知，回答为"不是很清楚"；问到是否为自己已出版的作品登记了版权，几位作家纷纷摇头："已经出版了还有这个必要吗？"

2022年6月，这位律师在公开场合再次碰到这几位作家，聊起版权保护，作家们已经能说个一二三四了。一位作家告诉这个律师，就在半个月前，他登陆"中国作家网"的"全国文学作品著作权保护与开发平台"，短短几分钟时间便登记好了自己的两部新作；几天前，他从该平台下载了作品的电子版权证书，"办成一件大事，终于松了一口气"。还有一位作家主动留下了这个律师的手机号码，因为他不久前发现某电商平台竟然流转着盗版书，他感觉自己的合法权益被这些低劣的盗版书给侵害了，很快要向这个电商平台宣战。

我还知道，我的一位文友 B 这几年一直孜孜不倦地与诸多侵权行为作战。B 是一位被读者广泛喜爱的畅销书作家，尤以历史题材长篇小说著称。

第一次与侵权行为的对抗，是源于 B 的小说内容被某热播电视剧"无偿使用"。最初，他那部脍炙人口的长篇小说被某知名影视公司看中，制片人数次与他沟通改编事宜，但最终合作没有达成。后来，该影视公司制作并上星播出的电视剧，其内容却与 B 的小说内容相似度极高。"我完全有理由相信，我的那本书在未经许可的情况下，被剧组无偿使用了。"由此，势单力薄的 B 与实力雄厚的影视公司开始了数年的维权"拉锯战"。

第二次与某个抄袭者对抗，B 取得了完全的胜利，他甚至在电话里兴奋地告诉我，那个抄袭他的人因为性质极其恶劣、涉案金额巨大，可能有涉刑的风险——他想过达成谅解，让抄袭者免于牢狱之苦，但前提是抄袭者不但要给予自己巨额赔偿并且公开致歉。当初 B 发现自己被抄袭，也很偶然：一个朋友告诉他，自己在某网红书店看到了一本新上架的三国题材的历史小说，才读了一页，便觉得似曾相识，呀，这不是某人写过的东西吗？诧异之余，友人把这件事告诉 B，并送上了那本可疑的图书。那天夜晚，B 捧着那本设计装潢精美的图书，正文部分匆匆阅过几行，便已认定，自己被抄袭了。因为已经打过数场维权战争，所以 B 在发现被侵权时，格外冷静。经过专业鉴定，这本书与他两年前出版的作品内容重合度达到 90% 以上，几乎是赤裸裸的复制！和以前一样，他没有选择妥协，而是直接诉诸法律，虽然当时像他那样做的作家很少。

在知乎上，我看到有人将为什么要保护著作权，概括为以下三点：

第一，保护著作权是我国民事立法的基本原则，维护了公民正当的民事权益，完善了我国知识产权的法律制度。著作权法的实施，标志着文学艺术领域无法可依的局面的结束，标志着我国知识产权法律保护制度发展到了一个新的阶段。中华人民共和国成立后的数十年时间内，中国逐步建立起了一套符合国情和国际规则的著作权保护体系，法律制度不断完善，执法机制不断健全，服务体系不断加强，为文学、艺术和科学作品的创作与传播提供了法律支撑和制度保障。

第二，建立著作权法律保护制度，保护了创作者的正当权益，调动了广大作者的创作积极性，为繁荣社会主义科学文化事业创造了良好的条件。著作权法从法律上确立了作者对其创作的作品享有人身权和财产权，这就为作者进行再创作提供了物质和精神的条件。而最近几年，国家对于知识产权的愈加重视，也带动了市场及群众了解知识产权的热情。

第三，从调整作者、传播者、使用者之间的关系看，也有利于优秀作品的广泛传播。著作权法不仅要保护作者的正当权益，也要保护传播者的正当权益，还要保护公众进行学术活动和掌握知识、分享科学技术文化知识成果的权利。在这种保护之下，我国广大作者创作的优秀作品才会呈现迸发之势。

早在 2019 年，在目睹和听闻了诸多与著作权密切相关的故事之后，我想过动笔写一写这个题材特殊的报告文学，但又不知从何说起，且莫名有些胆怯。2021 年，我创作的长篇报告文学《我的声音，唤你回头——与〈民法典〉关联的女性权益故事》先后在《啄木鸟》杂志和四川大学出版社发表、出版。图书首发式结束，张洪波突然私信我："你下一步就写写著作权吧，我绝对支持你！"其实，我的决心正是从张洪波的那个微信开始。既然有了决心，也就事事留意，素材不经意间越积越多。2022 年 10 月，在收到张洪波寄送给我的"著作权法实施 30 周年成就展"的文字资料和那本他付诸心血撰写的新书《著作权法与热点案例评析——中国版权法治观察》后，我心中的那一点儿怯已经不复存在，最重要的是，我已经找到了专业的合作伙伴，并寻到了具有价值的采访线索。

于是，我和张洪波各司其职，在《啄木鸟》杂志的大力支持下，开始了这部特殊的报告文学的创作历程。

目 录
Contents

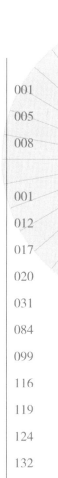

全面建设社会主义现代化国家，必须从国家战略高度和进入新发展阶段要求出发，全面加强知识产权保护工作，促进建设现代化经济体系，激发全社会创新活力，推动构建新发展格局。

——习近平

著作权作为知识产权的重要组成部分，与每个创作者息息相关，与文学事业健康发展息息相关。本书旨在提高广大创作者和社会公众的版权意识和全社会对文字著作权的重视，使读者充分认识到版权在满足人民文化需求、增强人民精神力量方面的特殊作用。

——题记

第一章

著作权法诞生始末

一、从马尔克斯访华说起

1982 年，哥伦比亚作家加西亚·马尔克斯凭借长篇小说《百年孤独》获得诺贝尔文学奖。

1990 年 10 月，63 岁的马尔克斯在代理人卡门·巴尔塞伊斯女士的陪同下访问中国，一路所见所闻，让一直对中国文化非常向往的这位异国大作家颇感新鲜；中国同行及读者的热情欢迎，也令他倍感欣喜。然而，眼前突然出现的一幕，却让一分钟前还兴致益然的马尔克斯表情瞬间变换，他由惊诧到愤怒，接着发誓再也不来中国。

这是怎么回事呢？

原来，在街边的一家书店，谈笑风生的马尔克斯刚进门，便在书架上看到了自己的获奖作品《百年孤独》。是的，整整一排崭新的《百年孤独》，带着油墨未干的芳香气息，整齐地摆放在最显眼的位置上。其间有热情的读者现场买下其中几本，站在一旁，准备寻觅合适时机，请这位曾获诺贝尔文学奖的作家签名。是呀，自己的作品出现在异国的书店里，"书粉"环绕周围，对一个写作者来说，确实是值得高兴的事。谁也没有想到，见到书架上这一整排崭新的《百年孤独》，作者马尔克斯的脸却立马阴沉了下来——因为，他从没有授权过任何中国出版商翻译、出版、发行他的作品。换句话说，这一整排装帧精美的中文版《百年孤独》，竟然是不折不扣的盗版书。

《百年孤独》拥有极大的魅力，可以说是当代文坛最具阅读价值的书籍之一，誉满全球。虽然当时马尔克斯还未授权中国出版商出版他的作品，但中国的万千读者早已对这部传世经典翘首以盼。1982年，马尔克斯获诺贝尔文学奖，从此更加声名大噪。世界各地文人墨客纷纷邀请马尔克斯前往他们的国家。在这些国家中，马尔克斯最向往中国，这个古老的东方国度始终吸引着他。

直到1990年，日本著名导演黑泽明邀请马尔克斯访问日本。钱钟书一看这是个绝好的机会，随即邀请马尔克斯访问中国，马尔克斯欣然同意。马尔克斯一下飞机，以钱钟书为代表的中国作家们向他致以最亲切的问候，这让马尔克斯十分感动。在上海，马尔克斯受到了热烈欢迎，人们追着他签名、拍照。马尔克斯微笑着面对镜头挥手，中国在他心里留下了美好印象。之后，马尔克斯一行人专程前往北京。抵京后，钱钟书又带着他领略首都的风土人情，却在参观过程中意外发生了这样一个令人不快的插曲。

马尔克斯看到自己的作品被盗版，却也无可奈何，因为那时我国的著作权法尚未正式颁布施行。中华人民共和国第一部著作权法诞生于1990年9月7日，自1991年6月1日起施行。1992年，我国加入了《保护文学和艺术作品伯尔尼公约》（以下简称《伯尔尼公约》）和《世界版权公约》。此前，我国既没有著作权法，也没有加入任何国际版权公约，因此，中外双方互不承担保护对方作品版权的法律义务。

随后，马尔克斯参加了中国文学界举办的座谈会，余怒未消的他愤愤地说："就是烧了，也不会让中国再出版我的任何作品！"会议结束，马尔克斯提前结束了中国之行。其后近二十年的时间里，有许多中国出版商请求得到马尔克斯的授权，都遭到拒绝。就连中国寄来的信，他都会当废纸全部扔掉。

直到 2008 年，一个年轻的民营出版商打动了马尔克斯。这个年轻人每年都会给马尔克斯的代理人写信，虽然始终石沉大海。这一年，他写了这样一封信，终于让马尔克斯看了一眼。信里写道："正如您向您的偶像海明威致敬一样，我们中国读者也向您致敬。如果您能感受到的话，请像海明威一样回复我们'你好，朋友'。"

这封信深深打动了马尔克斯。此时的马尔克斯年事已高，一些执念早已放下。从这封信的字里行间以及这些年的耳闻目睹，他也确实感受到中国读者对他作品的真诚喜爱。最终马尔克斯宣布，同意中国出版他的作品。很快，国内掀起了一股"马尔克斯图书热"，书店里马尔克斯的正版作品很快就被抢购一空，尤其是他的《百年孤独》，在中国广泛传播、影响巨大。

《百年孤独》这部小说，直接影响了20世纪八九十年代成长起来的一批作家。他们迷恋这部小说，以至于他们在创作中时常会把《百年孤独》里的故事结构以及那种魔幻现实主义的表现手法，不知不觉地运用到自己的作品中。因此，在那些年出版的优秀作品中，几乎都能发现《百年孤独》的影子。

诺贝尔文学奖得主、中国作家协会副主席莫言坦陈，马尔克斯是对他影响最大的十位诺奖作家之一，称赞《百年孤独》具有惊世骇俗的艺术力量和思想力量。他第一次读到这本书大概是在 1984 年，给他留下了深刻印象："太好看了……所以对我的影响真的是很大。"

马尔克斯作为一代文学巨匠，对自己的作品遭到盗版自然会心存芥蒂，但他能放下成见，聆听中国读者的声音，也定然是一件值得欣慰的事。从马尔克斯访华期间出现的这段插曲，也足以看出著作权立法的必要性。

二、著作权法：在争辩中前行

虽然中华人民共和国成立后第一部著作权法于 1991 年才正式施行，但"著作权"这一概念或意识却在我国由来已久，早在中国封建时代便已有萌芽。一些法学专家认为，"著作权"这一概念的诞生，源于古代印刷术的发明和普及。

史料表明，我国唐朝时就开始对民间私刻图书的行为进行打击。据《旧唐书》记载，唐朝后期民间多私自印制历书。在四川、淮南等地，官方历书尚未颁布，私印者已大量贩卖于市，故朝廷专门下令予以禁止。

南宋时期已出现了刻印在纪传体史书《东都事略》中"眉山程舍人宅刊行，已申上司，不许覆板"的碑记，可谓著作权保护的历史雏形。如果进行现代文翻译，这其实就相当于今天常见的一句话——"版权所有，翻印必究"。

几百年后，在《辛丑条约》签订的背景下，清政府于1903年10月与美国签订了中美《通商行船续订条约》。为了履行条约中的义务，清政府在1910年颁布了中国第一部著作权法《大清著作权律》，分五章55条对著作权的权利期限、义务、限制等作了规定。当然，这部法律并没有在当时产生什么实际意义。此后，北洋政府和民国政府曾分别在1915年和1928年颁布《北洋政府著作权法》和《中华民国著作权法》，但这些法令也并未在长期处于内忧外患的社会状态下得到

1967年5月，马尔克斯的《百年孤独》（第一版）面世（左），直到近半个世纪后的2011年，中文版《百年孤独》（右）才正式出版

有效实施。

中华人民共和国成立初期，我国虽然并未颁布著作权法，但通过政府出台的规定对著作权进行了初步的原则性保护，包括禁止翻版、抄袭，规定稿酬应与作者协商，等等。直到改革开放后，中国法治建设重新步入正轨，专利法、商标法相继颁布实施，著作权法的立法也随之被提上日程。

事实上，在著作权法颁布之前，有关文艺创作或著作权的法律条款已在宪法和民法通则中可以窥见。

1982 年颁布的《中华人民共和国宪法》第四十七条规定："中华人民共和国公民有进行科学研究、文学艺术创作和其他文化活动的自由，国家对于从事教育、科学、文学、艺术和其他文化事业的公民的有益于人民的创造性工作，给以鼓励和帮助。"

1986 年通过的《中华人民共和国民法通则》第九十四条规定："公民、法人享有著作权（版权），依法有署名、发表、出版、获得报酬等权利。"

这些规定对于保护著作权而言是具有开创性意义的，但这些条款仅仅是对著作权的一种概述或原则性描述，远远不能满足时代的要求。

"国际形势的风云变幻则直接影响了中国著作权法立法。"当年的亲历者如是说。

著作权法立法工作的启动直接缘于中美贸易协定的洽谈和签署。1978 年 12 月，中美建交联合公报发布。1979 年 1 月，中美双方在美签订了《中美高能物理协议》，这份协议涉及互相保护版权的问题。美方在同年 3 月双方商谈贸易协定时再次提出版权保护问题。

据亲历者回忆，以这份协议中涉及的版权保护问题为契机，国家出版局 1979 年 4 月向国务院递交请示报告，呈送了关于起草版权法及其他有关法令并逐步加入《世界版权公约》的报告，随后获得批准。中华人民共和国成立后的第一部著作权法的立法工作由此终于被提上日程。

著作权法律制度的建立过程并不顺利。《检察日报》的通讯文章《著作权法：在争辩中前行》曾详细地描述了立法过程中遇到的种种问题和困难。据说，最初有一些意见甚至认为，"版权保护是为资产阶级知识分子争名争利"的。不过，"尊重知识、尊重人才"毕竟是大势所趋，这类声音很快就消失了。

著作权法草案于 1986 年 5 月由 1985 年成立的国家版权局上报国务院。令人意想不到的是，对于著作权法立法而言，真正的挑战竟然来自科技界。有科技界人士认为，著作权法会给使用外国科技书刊带来不便，势必造成巨额外汇支出。

纵观我国版权制度的建立、完善和演进过程，技术创新一直起着至关重要的作用：一方面，技术创新不断拓展着版权运营的广度和深度，使内容产业日益繁盛；另一方面，技术创新不断削弱着权利人对其作品的控制，故版权保护制度又需要进行适应性的变革。所以，时至今日外国科技书刊的合法使用，并未让当初那些忧心忡忡的科技界人士感到分外为难。

经历这般曲折，1988 年，经国务院法制局邀请有关部委同志论证后，著作权法立法工作才得以继续。

自 1989 年 12 月开始，著作权法草案历经七届全国人大常委会第十一、十二、十四、十五次会议审议，其间反复磋商、修改。1990 年 9 月 7 日，七届全国人大常委会第十五次会议经过认真审议，终于表决通过了中华人民共和国成立后的第一部著作权法——《中华人民共和国著作权法》。

从封建时代的著作权意识萌芽，到清末民初的著作权法立法尝试，再到改革开放后的第一部著作权法颁布，跨越了上千年。1991 年 6 月 1 日著作权法的实施，填补了我国在著作权保护领域的立法空白，标志着我国的知识产权民事法律日趋完备。

三、"大家在网上都差不多把这本书读完了"

从 1991 年著作权法实施，到 2001 年第一次修订，之间整整十年，发生了许多值得记录的故事。

于露（化名）算得上是中国最早的一批"网络作家"。她出生于 1979 年，念大学的时候，随着 QQ 的普及，信息网络时代火热到来，从小就爱好写作的于露很愿意尝试并接纳新生事物。

刚念大一，于露就在学校的机房里，用最老式的台式电脑注册了自己的 QQ 账号，先是在"空间"里写东西，几年之后又率先玩起了新浪博客。这些新兴网络平台让于露深刻感受到挥毫泼墨的快乐："与既往在纸质报刊发表作品不同，网络让写作者第一时间就能与自己的读者互动，看看文后紧随的那些有趣评论，全身上下一下子就有了那种一条道儿走到黑的勇气"。

从前，于露在报纸上发表"豆腐块"，只能在脑子里幻想着读到这篇美文的读者们的种种反应；现在，博客文章后面的上百条评论，立马就让她感觉到大家的关注与鼓励。于露天天"更博"，日更文章大约一千五百字，主题各异。通过撰写博客，于露在与博友的互动中渐渐掌握了选取题材的技巧。

一次，于露用随笔的形式兴致勃勃地分享了自己的某次长途旅行，她写得细腻生动，谁知评论区竟然很是寥落，有个博友留言："这种旅行随记太常见啦，随便一本时尚杂志都有。大家就喜欢看你写故事呢！"后来，又有人建议她写大体量的小说，只可惜博客这样的平台并不适宜过长的小说连载。同时，随着生活中发生的种种变故，她的素材越积越多，于露特别想动笔写下自己的亲身经历，便开始在网上寻找更适合摆放长文的地方。

2000年初，于露注册成为国内最早一批网络社区会员。2000年夏天，于露在社区的情感论坛连载了根据自己亲身经历创作的自传体小说。小说计划创作50万字，每天连载六七千字。那时于露还没有成为网络平台的签约作家，并没有每天必须码字多少的"死规定"。她之所以能坚持写下去，一方面源于自己内心深处迸发的创作热情，另一方面是因这部小说连载期间曾受到论坛网友的热烈追捧。网友对她笔下的故事翘首以盼，每天只要一更新，不多时就有数百条评论，大部分是对文本的赞赏和期待，还有一些是热心人对于故事发展的建议；偶尔有事断更，评论区就有许多催更信息："楼主，等着你继续修楼呢""且听下回分解，下回得等多久呀"……

于露记得，为了与读者们互动，她要求自己"非必要不断更"。2000年冬天，于露被突然而至的流感袭击，高烧39度，难受得连头都抬不起。即使这样，于露也坚持拖着病体到宿舍楼下的学生网吧去更新，在那里一坐就是三个多小时，硬是拼命更了五千字。别说生病，就算期末考试前一天，于露在捧着笔记本死记硬背的同时，也冒着"挂科"的风险，想方设法挤出一个小时进行创作。

2000年，出书还是一件对写作者来说了不得的大事，于露的计划便是全部完结后出版这部小说。因为于露的连载已在网络社区出了名，一家知名出版社对她抛出了橄榄枝。网络是新兴事物，对于网络文学作品的著作权应当如何保护，当时著作权法还没有相关法条予以明确规定。当网络社区将于露的作品升级为VIP付费阅读时，为了让自己的权益不受侵害，于露每一次的网络连载都特意注明：此系原创作品，严禁抄袭，转载敬请与作者联系。作为一名中文系在校大学生，于露并不通晓法律条文，特意注明的这几句话，也是效仿电影录像带里开始播放便会出现的两句提示：版权所有，翻录必究。

"当时我最大的愿望，就是在网上结束全文连载后，这个长篇小说能出版并成为脍炙人口的畅销书。"可事与愿违，在小说还差四分之一完结时，之前连载的文本已经流传全网，甚至被收录到知名阅读网站。这一切，于露当时并不知情，因为没有任何单位或个人与她联系，当然，她也没有因此得到过一分钱。无论是谁，都可以通过网上的搜索引擎在不同网站找到并免费阅读于露的作品，甚至，有的网站连作者名字都未曾出现。

之后不久，出版社找到于露，委婉地提出中止未来的合作，因为"大家在网上都差不多把这本书读完了"。网络社区负责人也就"泄密"的问题与于露起了纠纷，平台怀疑于露私自与他人分享作品文本，而于露有冤难辩。可是，没人对于露的种种损失负责。

气愤难平的于露找到律师，但律师对于她所遭遇的侵害只能说声"很遗憾"，因为"没有适用于网络作品保护的法律条款"。郁闷无比的她在博客上发出千字长文讲述自己的遭遇，不禁感叹："网络作品也是作者辛苦创作的结晶，难道就不应该和纸质图书一样得到保护吗？"并在文章的结尾大声疾呼著作权法的修订，"请一定把信息网络传播权益这块内容加进去，它真的十分重要！"

于露的遭遇，在著作权法第一次修订之前的十年间，屡见不鲜。在笔者的记忆中，那些年顺风而长的网络上，一篇爆火的小说常常可以或片段或全文地在不同的网站读到，有时甚至无法判断出它的原发之处在哪儿。这样的情况，受损失的不仅是原创平台，还有辛苦创作却白白被"收割"的作者。

四、"专有出版"，想说爱你不容易

2022年春天，知名小说家陈风（化名）邀请笔者到某省会城市郊区一处公园湖边茶楼喝茶聊天。他说起自己三十年的创作经历，也顺道提起了自己的处女作。他讲起这部处女作时满怀激情，似乎回到了一路曲折却满目精彩的青春时代。

笔者坐在一旁静静听着，被陈风的情绪感染，却无法与他互动共鸣。因为，笔者并不熟悉他的处女作——那部作品显然不是他的成名作，只记得电影频道曾经播放过由陈风处女作改编的电影，片名与小说同名。可惜那部影片从未上过院线，只是早期的数字电影。看到同名电影是两年前的事，当时笔者匆匆看了几分钟就换了台，只觉得这部数字电影制作比较粗糙。

待陈风一口气绘声绘色地讲完，笔者感叹说，这么好的作品，可惜很多人都没有读到过！

陈风长叹一口气，说出这部处女作所背负的遗憾。

多年前，陈风与一家大型出版社签约时还未成名。他还记得，自己心心念念想要出版的第一部长篇小说，在 1999 年的那个春日突然有了好消息。

在此之前，他抱着花了三年时间创作的一大沓书稿先后跑了五六家大大小小的出版社，得到的或者是硬邦邦的回绝："不行，你这个作品不精彩、没有可读性，读者们不会喜欢的。""你这个写得太中规中矩了，我们主打的是有市场需求的畅销书。"或者是婉言谢绝："作品不错，但今明两年我们的出版计划已经满额，你再到别处去打听打听。"

甚至有出版社让他自费出书，但这个建议陈风是断断不会答应的，因为他的本意绝不仅仅为了出版，他是希望自己的作品被更多人看见；何况，彼时陈风没有固定工作，他也需要出书带来的收入。但前者与后者相比，前者显然更重，这也成为陈风的处女作最后背负遗憾的重要原因。

那天下午给陈风打电话的是一家知名省级出版社的编辑，两个多月前，陈风鼓起勇气去了一趟，文艺编辑室的一个小姑娘让他把沉甸甸的书稿放在办公室进门处的黑色桌子上——黑色桌子上已堆满了各种书稿。"你回去等通知吧！"小姑娘对他说。

陈风并没有抱多大希望，他觉得，这些书稿最终都会石沉大海，杳无音信。这个出版社在业界很有实力，多次问鼎国家级出版奖和图书奖，所青睐的也大多是知名作家，像他这样刚踏上写作之路的年轻人只能投石问路。

万万没想到的是，他的处女作竟然被选中了。与陈风直接联系的是出版社文艺编辑室的副主任。电话里，副主任告诉陈风，像他这样的新作者，能够不花一分钱出书已经是非常幸运了，为了长远的发展，建议陈风不要计较眼前的一点儿得失。或许是寻找出版方的过程太过艰辛，也或许是出于对大型出版社的信任，陈风不知不觉放下了许多原本的坚持。

两周后，陈风与这家出版社签署了图书出版合同。

笔者提出想看一下这份合同，陈风欣然答应。第二天，陈风通过微信给笔者发了一组图片——这是一份五页纸的出版合同，签约日期为 1999 年 5 月。

当年，这部足足 50 多万字、浸透作者心血与期待的长篇小说，在出版社一次性支付了不到 2000 元后择期出版，且合同约定：重印收入与作者无关，影视改编转让费用由出版社酌情分配。合同末尾特别注明，出版社享有整整十年的"专有出版权"。

原本，陈风还指望"影视化"能为这部小说带来新的希望，可在签约出版的头两年，这本书在出版社无人问津，不要说"影视化"，就连重印也没有过。

直到 2007 年，该作品出版合同只剩两年就到期了。这时，陈风已经是国内知名的青年小说家，多部小说被改编为热播影视剧，一年的版税收入十分可观。可他心心念念的处女作依然紧紧地被拴在这家出版社里。陈风出名后，出版社抓住这个契机，重印了将近两万册图书，同时与有关影视公司达成协议，准备转让改编权。

"两万册重印的收益，按原先的合同规定，与我没有半毛钱关系，而影视改编转让费用也只分了我个零头。因为前期的不重视，这本书在出版社享有'专有出版权'的十年间，不仅没有得到一个省级以上奖项，更没有大的社会影响，甚至没有几个读者知道我的这本书。至于影视化，也是出版社谈了一个没有什么实力的影视公司，拍出的电影质量也不好。"陈风说。

专有出版权是著作权中的一项权利，是复制权与发行权的组合，其初始权归属于作为原始著作权人的作者，是一种可以依法处分、依法流转的民事经济权利。著作权人可以依法将其许可给图书出版者，也可以将其许可给其他民事主体；著作权人还可以依法授予被许可方再授权或转授权，即由被许可方再许可第三方专有或非专有出版相应作品的权利。

陈风的故事自然令人唏嘘，讲述的角度也难免带上了较多作者个人的情绪，有失偏颇。其实，当年作者尚未成名时，出版社签约的条件从今天看来虽稍嫌"苛刻", 但与作者双方也是本着自愿互利的原则, 在并未受到外力胁迫下签订的出版合同, 双方不存在是非对错之分。

更重要的一点是, 这个案例是由于当时的历史条件下著作权法的规定并不完备, 社会大众尤其是作者对著作权法了解不够、维权意识不强等诸多原因造成的。

第二章
著作权法迎来首次修订

随着我国经济的快速发展和社会的日益进步，知识产权保护问题日益凸显，原有的法律规定难以适应社会的需求。为了加入世界贸易组织，国内各知识产权专门法必须与《与贸易有关的知识产权协定》相衔接，同时也为了回应新技术发展带来的诸多挑战，2001年10月27日，全国人大常委会对著作权法进行了第一次修订。

这次修订幅度较大——将杂技、建筑作品列入法定作品类型，吸纳《中华人民共和国著作权法实施条例》（以下简称《著作权法实施条例》）中的著作权集体管理条款，首次规定著作权集体管理制度的基本原则。新增"信息网络传播权"这个重要权项,规定教科书"法定许可",设定法定赔偿额和诉前禁令等。第一次修改的著作权法,对于调整我国入世后版权的创造、运用、管理、保护和服务发挥了重要作用,推动了我国版权事业的发展。

网络作家于露有幸成为这次修订的受益者。

2001年版著作权法第十条第十二款规定,信息网络传播权,即以有线或者无线方式向公众提供作品,使公众可以在其个人选定的时间和地点获得作品的权利。

第四十八条则规定,有侵权行为的,应当根据情况,承担停止侵害、消除影响、赔礼道歉、赔偿损失等民事责任;同时损害公共利益的,可以由著作权行政管理部门责令停止侵权行为,没收违法所得,没收、销毁侵权复制品,并可处以罚款;情节严重的,著作权行政管理部门还可以没收主要用于制作侵权复制品的材料、工具、设备等;构成犯罪的,依法追究刑事责任。其中规定的侵权行为的第一个情形就是未经著作权人许可,复制、发行、表演、放映、广播、汇编、通过信息网络向公众传播其作品。

据此,于露将几个未经她许可,复制、传播其作品的网站及论坛告上法庭,依法获得近十万元赔偿。这件事当时被许多媒体关注、报道,今天看来,这样的事情实属寻常,并不是什么新鲜事。

新闻不断发酵,有好几家知名律师事务所表示愿意帮助于露打官司,也有侵权的阅读平台主动与她联系,在取得她谅解的基础上,向她支付了应得稿费及赔偿款共计三万余元。

虽然于露前前后后追回十来万元,打官司的过程也很艰辛,但在于露看来,这一切却有着特别的意义。从此,网络作家的作品得到了法律的认可和保护,他们可以把更多的精力投入到原创作品的生产中。

当法院执行的第一笔赔偿金到位后,于露特意组织了饭局,把她熟识的一群网络作家邀到一起,在2002年的冬至日这天,于好吃街拐角的火锅大排档里,十来个平日辛苦码字的年轻人围坐一圈。热气腾腾的一大锅羊肉散发着诱人的香味,大家吃着羊肉、喝着羊汤,共同分享了于露勇敢拿起法律武器,维护原创作者合法权益的故事。

"那一晚,几碗羊汤下肚,大家的身体是热的,心也是热的。"于露说。

1998年,我国的门户网站兴起,进入真正意义上的网络时代。其后的高速发展是从 2001 年开始的，信息网络传播权是我国在 2001 年对著作权法进行第一次修订时新增的一种著作权类型。

我国现行的著作权法，有关信息网络传播权的定义是"以有线或者无线方式向公众提供，使公众可以在其选定的时间和地点获得作品的权利"。该定义来自《世界知识产权组织版权条约》（简称"WCT"）第八条的"Right of Communication to the Public"，即向公众传播的权利。

在 2001 年著作权法第一次修订之前，作家的作品因网络传播侵权而诉诸法律维权时，在著作权法中都找不出合适的权利名称。所以，1999 年 5 月，王蒙、张洁等六位著名作家向北京市海淀区人民法院提起诉讼，状告"北京在线"网站侵权胜诉。这起"中国网络版权维权第一案"，为推动 2001 年著作权法第一次修订时将信息网络传播权纳入立下了汗马功劳，对完善著作权法律法规产生了重要而积极的影响。

当时，曾经在一个国家级版权保护机构担任法律部处长的汤律师代理六位作家的诉讼。他认为，虽然 1990 年颁布、1991 年实施的著作权法没有明确规定"网络传输"的字样，没有对著作权人作品因网上传播而造成的侵权做出相应明确的规定，却无法推导出这种行为就不受著作权法规范的结论；相反，著作权法列举的作品使用方式并非是穷尽式的，实际上，作品网络传播可以看成是作品的一种新的使用方式，在法律上它完全可以被涵盖于法律条款中所涉及的"等方式"之中。

被告在网上登载原告依法享有完整著作权的作品，侵犯了原告享有的使用权和获酬权。也正是这一"兜底条款"在此案中发挥了重要作用，法官认可了汤律师的意见。最终，北京市海淀区人民法院和北京市第一中级人民法院经过一审、二审程序，判决被告侵权成立，赔偿原告经济损失。

正是在 2001 年以后，信息网络传播权逐渐成为著作权人最重要的财产权之一。与此同时，侵害信息网络传播权也成为最为常见的侵害著作权的形态之一。

要界定是否构成侵犯信息网络传播权，最关键的一点在于，如何认定"信息网络传播权"定义中的"提供"行为。

《最高人民法院关于审理侵害信息网络传播权民事纠纷案件适用法律若干问题的规定》第三条这样表述"提供"行为："通过上传到网络服务器、设置共享文件或者利用文件分享软件等方式，将作品、表演、录音录像制品置于信息网络中，使公众能够在个人选定的时间和地点以下载、浏览或者其他方式获得的，人民法院应当认定其实施了前款规定的提供行为。"

也就是说，被认定实施了信息网络传播权中的"提供"行为的，应该包含以下两个要件：第一，上传到网络服务器；第二，将作品、表演、录音录像制品置于信息网络中，使公众能够在个人选定的时间和地点获得。

但在司法实践中，对于信息网络传播权的侵权认定标准仍存在较大争议。

有这样一个典型案例，说的是原告 A 公司享有某火爆电视连续剧的专有信息网络传播权，它将涉案作品非独家授权给 D 网使用，但被告 B 公司开发的"C 影视"App 提供针对该作品的深层链接行为，而该链接指向的却是经过正版授权的 D 网。

据此，一审法院认为：B 公司经营的"C 影视"App 并非仅提供链接技术服务，还进行了选择、编辑、整理、专题分类等行为，且主观上存在积极破坏他人技术措施、通过盗链获取不当利益的过错。B 公司的一系列行为相互结合，实现了在其聚合平台上向公众提供涉案作品播放等服务的实质性替代效果，对涉案作品超出授权渠道、范围传播具有一定控制、管理能力，导致独家信息网络传播权人本应获取的授权利益在一定范围内落空，给 A 公司造成了损害，构成侵权，应承担相应的民事赔偿责任。

而二审法院认为：服务器标准与信息网络传播行为的性质最为契合。具体而言，著作权法有关信息网络传播权的规定决定了信息网络传播行为必然是一种对作品的传输行为，且该传输行为足以使用户获得该作品。在信息网络传播过程可能涉及的各种行为中，只有初始上传行为符合上述要求，因此，信息网络传播行为应指向的是初始上传行为。

初始上传行为是网络传播过程中一切其他行为的基础及根源。如果初始上传行为不存在，则其他行为都将成为无源之水，信息传播过程亦将不复存在。该初始上传行为指向的是每一个独立的网络传播过程中的初始上传行为。因任何上传行为都应该以作品的存储为前提，未被存储的作品不能在网络中传播。而该存储介质即为服务器标准中所称"服务器"，所以，服务器标准作为信息网络传播行为的认定标准最具合理性。依据服务器标准，被诉行为仍为链接行为，不构成对原告信息网络传播权的侵犯。

这个案例生动表明，不管是在司法实践中，还是在学术界中，对于信息网络传播权的侵权认定，到底是采用服务器标准，还是采用实质性替代标准、用户感知标准等其他标准，仍有不同观点。因此，对于著作权人，必须在用权、维权过程中采用合适的策略，才能更好地实现其权利价值，并能针对侵权行为获得有效的赔偿。而对于作品的使用者，必须加强合规审查和风险防范意识，以避免侵害他人合法权益，陷入侵权纠纷。

塞翁失马，焉知非福。十年间，陈风自觉自愿地捧起了著作权法，作家学法懂法用法，如今随口也能细细讲个一二三。在如何安全稳妥地处理出版合同上，陈风已经有了自己的一套心得，时常有人在电话、微信里请教他，他也愿意帮别人"画个重点"：

"要注意了，合同里你是著作权人，是'甲方'，享有全部版权，这个全部版权既包括图书本身以及影视改编……"

"合同年限的话，个人建议签三年，最多不超过五年。"

"稿费可以一次性买断，也可以按照印数或发行量拿版税提成。个人建议拿版税提成，特别是当你对自己的作品销量很有信心时，版税让你与出版社一荣俱荣，版税会让你挣得更多。"

"稿费或版税计算基数、计算方法、结算周期、支付方式一定要在合同中约定明确。你若不提出来，有些出版社会默认为按照实际销量给你结算稿费，这个就没谱儿了。通常都是出版社告诉你销了多少就是多少，能够主动向你提供书刊委印单的出版社很少，你很难去出版社查证实际印数和实际销量。最好的办法就是约定图书出版后一个月内，一次性结清首印稿费。"

2010 年 2 月 26 日，为了履行世界贸易组织对中美知识产权争端的裁决，全国人大常委会对著作权法进行了第二次修订。这次仅仅修改了"一条半"，即将第四条前半句"依法禁止出版、传播的作品不受本法保护"修改为"国家对作品的出版、传播依法进行监督管理"，并变成该条的后半句。同时在第二十六条增加了"以著作权出质的，由出质人和质权人向国务院著作权行政管理部门办理出质登记"的内容。

相较于著作权法的制定和第一次修改，著作权法第二次修改可以算是一次"小修"。

见微知著。

从 20 世纪 90 年代中期开始，书商田经理一直在做出版生意。他头脑灵活、人脉广泛且很有手腕。戴着一副窄框眼镜的田经理，时常挂在嘴边的口头禅是"流水不腐"。刚刚步入中年的他，像不断线的流水一般，四处奔忙流动，不知疲惫的步履遍及全国东西南北，从各地想方设法搞来各种书号，然后提高价格卖给急需出书的文学爱好者、高校师生，一个书号售价数千元至上万元不等。

因为渠道来源复杂，其中也有不少是在国家新闻出版署官网无法查询的假书号。对"淘号人"田经理来说，一大堆货真价实的书号里掺杂那么两三个假书号，这样的出错频率似乎在所难免。

有熟人带着朋友上门，找田经理帮忙出书。落实起来效率自然很高，却在新书首发式上意外被人发现书号存在问题。于是，出书人跑到田经理那里又哭又闹，嚷嚷着要他赔偿所有损失——包括一万多元的"出书费"以及她在新书首发式上丢人现眼的"精神及名誉损失费"，两项赔偿加起来得近十万元。

那间装修得颇为风雅的办公室里，见过各种世面的田经理跷着二郎腿，坐在对面沙发上，静静地看着这个怀抱作家梦的中年女人歇斯底里。

"王女士，我非常同情并理解你，但你要知道，遇到假书号，我也同样蒙受损失。所以，我唯一能做的，是帮你再出一本书，这次保证是真书号。"田经理说得慢条斯理。

田经理知道，这是眼下解决这件事的唯一途径，而那女人即使再气愤也告不了"官"：一则"上头"不大会管自行购买书号出版的图书，二则他多年的经营本是一片"灰色地域"，官方监管的界限也很是模糊。果然，无论那位中年女人如何不服，这件事最终不了了之。

但著作权法的第二次修订，让田经理明显感觉，法治的重锤已然在过去的"灰色地域"悄然落下。

"不要小看'国家对作品的出版、传播依法进行监督管理'这句话，自此以后，我们这个行当便进入了一个重要转型期。一部分书商继续像过去那样埋头买卖书号，很快便被查获，有的甚至吃了牢饭。更多的人包括我在内，选择了与正规出版社合作，开办民营图书公司，继续在策划和销售上下功夫。"

如今的田经理，已经是一家省级出版社的老搭档，经他手策划并营销的图书每年都在二十万册以上。

对畅销书作家阿方（化名）来说，2010年著作权法第二十六条增补的几句话，让他的作品如同房屋等不动产一般，成为关键时刻用得上的财富。

2010年初，阿方筹备、成立了一家集图书出版、影视制作于一体的传媒公司，资源项目纷纷就位，可运行资金仍存在将近两百万的缺口，一时之间，创业陷入困局。彼时，阿方的好几部作品在网络阅读平台上拥有大量"书粉"，这时，他突然生出一个想法：能不能拿某部刚刚完结的、正火热连载的作品的著作权去出质，以此拿到急需的经费。

他的这个想法，合伙人及一些朋友一开始都持怀疑态度：人家能拿钱押你这个刚刚写完的作品？就算可以出质，那凭据在哪里呢？万一你签了合同把著作权押出去，人家日后不兑现承诺该怎么办？毕竟，过去用于抵换现金的都是看得见摸得着的实物，房子、车子、股票之类，著作权的话，未免太抽象了。

著作权法的第二次修订，赋予了著作权新的价值定义，同时去除了著作权合法利用之路上的不确定性。2010年9月，阿方将一部作品的著作权出质给了某大型图书出版集团。依法履行相关手续后，阿方从银行方面获得了两百万元的资金贷款，新生的公司得以顺利运转。

著作权法的施行，对规范、鼓励文学、艺术和科学作品的创作、传播、版权保护与管理，促进经济社会文化和科学事业的发展与繁荣发挥了重要作用。

但是，日新月异的科技进步和社会发展也给版权的创造、运用、管理、保护、服务带来了很多新问题、新挑战，著作权法虽然经过两次修订，但很多条款依然相对滞后。

第四章

翘首以盼的第三次『大修』

一、回应新需求

2010 年第二次修法完成，社会各界关于继续修订的呼声仍然不绝于耳，争议问题主要包括法定许可、网络传播、著作权集体管理等。2011 年 3 月，时任国务院参事室参事、全国政协委员、中国作家协会副主席、中国文字著作权协会副会长的张抗抗上书国务院，呼吁对著作权法进行第三次修订，很快得到了主要领导同志的批示。2011 年 7 月 13 日，原新闻出版总署（国家版权局）成立著作权法修订工作领导小组，张抗抗受聘为副组长，著作权法第三次修订工作正式启动。

受国家版权局委托，中国社会科学院知识产权中心、中国人民大学知识产权学院和中南财经政法大学知识产权研究中心分别起草了三个专家建议稿。国家版权局综合各方意见起草了《〈著作权法〉修正案草案》（共 88 条），分别于 2012 年 3 月和 7 月向社会公开征求意见建议，派员组织、参加了多场征求意见座谈会、修法说明会、新闻发布会，实地走访多家单位，广泛释法，倾听各方意见建议，受到社会的广泛关注，产生了良好的社会反响。

2012 年 12 月，国家版权局向国务院呈送了《〈著作权法〉修正案草案送审稿》（共八章 90 条）。2014 年 6 月，国务院法制办将送审稿向社会公开征求意见。

2017 年 5 月至 8 月，全国人大常委会开展了著作权法执法检查。这是著作权法自 1990 年颁布以来，全国人大常委会第一次就著作权法实施情况开展专项执法检查。中国文字著作权协会应邀两次参加全国人大常委会著作权法执法检查座谈会，并提出修法建议。2017 年 8 月 28 日，全国人大常委会审议了关于检查著作权法实施情况的报告。该报告建议加大执法力度，实行更加严格的著作权保护，抓紧修改著作权法。

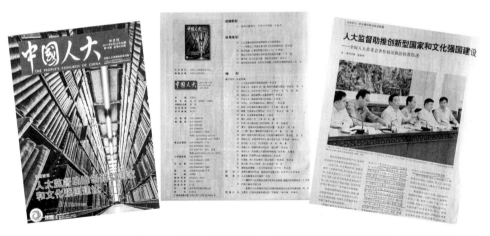

2017 年，全国人大常委会开展著作权法执法检查，全国人大常委会机关刊物《中国人大》杂志第 16 期做专题报道。

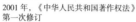

2001年，《中华人民共和国著作权法》第一次修订

2010年，《中华人民共和国著作权法》第二次修订

2021年，《中华人民共和国著作权法》第三次修订

著作权法三次修订的各个版本

2018年3月，全国两会期间，党和国家机构进行重大改革，国务院法制办并入司法部，国家版权局从国务院直属机构转隶党中央序列，中宣部对外加挂"国家版权局"牌子，我国版权行政管理工作得到空前加强。

2018年12月至2019年1月，司法部将修改后的修正案草案定向发给中央有关部门、高校科研机构、有关人民团体、著作权集体管理组织和有关专家学者征求意见。

为了推进修法进程，2019年4月，全国政协调研组就"著作权法的修订"先后赴北京、湖北等地开展专题调研。委员们分成若干小组深入多家企业、文博单位和图书馆开展调研，走进大学、社区与师生、群众面对面交流，并召开多场小范围的座谈，听取相关部门、企业、专家学者、著作权权利人的意见建议。

"假如目光不限于法律条文的白纸黑字，而投向广泛的社会实践，就会发现，著作权法的修订有千头万绪。"当年的一位调研组委员回忆。

但对于这些肩负责任的委员们而言，他们更想为修法找到明确的方向。他们期望，通过著作权法的完善建立新时代具有中国特色的著作权法律制度。

2019年，中国的互联网用户近9亿人，互联网运用的广度与深度在世界上绝无仅有，碰到的问题、进行的实践都独一无二。委员们认为，此次修法应该着重回应互联网时代的新课题新需求，如能建立适合互联网的一套权利保护规则，在国际上都有借鉴意义。

于是，调研一开始，委员们先来到互联网企业。

形形色色的侵权行为是很多互联网企业做内容产品的共同烦恼。作为视频网站，爱奇艺公司的核心竞争力是内容。为防止无孔不入的盗版，公司设立专门的团队从事版权保护工作，每天不间断进行监控，还采用了区块链存证、防盗链、视频指纹等一些新技术。

然而，新技术的层出不穷和法律的相对滞后让爱奇艺公司防不胜防。"现在有一种方式，就是把我们拥有版权的电影截成好多个短视频，通过算法向用户推荐，大量短视频片段足以替代原作品，人家就不来看你的电影了。"公司首席执行官告诉调研组，短视频侵权、聚合盗链、非法资源网站等侵权模式让他们比较头疼。

"NBA 比赛马上就要进入最后一分钟了……"

4 月 2 日，调研组走进腾讯公司北京分公司的演播厅，眼前的大屏幕和灯光让人感受到了激烈的赛场氛围。从 2016 年开始，腾讯公司花巨资购买了 NBA 等一批国际知名赛事的独家网络直播的权利，却遭遇了网络直播平台的盗播。

腾讯公司负责人告诉调研组，由于体育赛事直播节目是否构成作品一直存在争议，他们维权并不容易，只好"通过导播、解说、镜头切换、特写等方式对赛事进行创造性演绎，这也是创作"。

位于武汉的一家著名视频直播平台也曾遭遇过侵权官司。4 月 10 日，调研组来到该直播平台总部，公司负责人告诉委员们，直播平台的主要著作权是内容，在法律上属于 2010 版著作权法的"类电作品"，但实际上有差别；而且，直播产品整体和局部的著作权怎么判断也缺乏依据，比如游戏直播中游戏画面的著作权，究竟属于游戏公司还是直播平台，目前尚无法律依据。

短视频、体育赛事直播是不是构成著作权，作为网络服务平台的企业应该承担什么法律责任，人工智能创作的作品著作权如何归属……调研组一路上都在探讨着互联网环境下的新课题——新技术带来创作的多元形态，应该在著作权法修订中有所考量。

当时的著作权法对"合理使用"列出了 12 条情形，且没有兜底条款，很多创作形态都不能囊括其中。有委员建议，进一步扩张著作权的权利客体，尽可能纳入各种新的传播方式。但这样做也不是没有问题，调研组的一位专家表示："法律条文不能按照现在的技术特征来描述某项权利，那是写不完的。"

在适应互联网新需求方面，"法定许可"制度也是调研组特别关注的。

著作权的法定许可制度是指，在法律规定的特定情形下，对未经他人许可、有偿使用他人享有著作权已发表作品的行为，不认定为侵权的法律制度。有委员认为，现行著作权法中的法定许可制度未能充分保障权利人的权利，而且"先授权后使用"的模式已经不适用于互联网时代浩如烟海的作品。

有一个业内广为传播的案例：曾经有个旅行探险团队到北极探险，拍到不少精彩的照片和视频，回来后团友们之间起了争议——在朋友圈转发团友的照片需要授权吗？最后大家协商一致，如果个人认为自己哪个作品必须授权许可的，就在微信群里面注明；没有注明的就可以不经授权使用。一位委员认为，这种模式可以推广。

对于人工智能创作的作品是否有著作权，有的人认为，著作权法的主体是人类，保护的只应该是人类有创造性的智力成果。由于网络服务平台常常卷入侵权纠纷，一些委员还建议，加大网络服务平台的监管责任，要求其主动采取监控措施对著作权进行保护。对于建立适合互联网的权利保护规则，有人则建议参考国际通行做法，更好地与国际接轨。

"著作权传播越广，价值会越高，尤其能推动社会进步的知识技术的著作权更需要广泛传播。"调研组认为，在课堂教学、科学研究等领域，著作权保护要以有利于知识传播为前提。

4月10日下午，调研组走进武汉大学新图书馆，向师生们发放调查问卷，并进行互动交流。

"您的学术论文、研究成果上传到网络平台是否得到了您本人的授权""您通过网络平台获取学术资源是否高效、有何问题"……在调研组设计的调查问卷上，罗列了好几个问题。委员们发现，大学里的受访者特别关心学术论文的著作权问题。

为了降低论文"重复率"，保证顺利毕业，通过网络进行"论文查重"是很多毕业生在论文提交前的必经环节。目前国内使用量较大的"查重"系统主要由中国知网、万方等知识数据库平台提供。但是，当大量论文进入这些数据平台，著作权问题接踵而来。

"高校与这些数据库平台签订合同，通过付费获得了'论文查重'的服务，但也把大量学术论文资源无约束地交给了商业公司。"武汉大学研究生院一位负责人表示，这方面的著作权保护是他们担心的问题。"既然收录的是大学和教育机构的论文，平台是不是也要承担一定的公益责任？"一个武汉大学学生向调研组提出了他的疑问。

知识不宜垄断，国外的相关情况有例可援。2019年2月，美国加州大学宣布未来不再购买荷兰出版集团爱思唯尔（Elsevier）的科技期刊数据库。因为加州大学发表的科技论文数量占全美总量的10%，然而加州大学每年却需要花费高达1100万美元来订阅爱思唯尔旗下的科技期刊。

这样的争议并非个案。在法律上，如果著作权只是小范围合理使用，且不影响其传播、不损害原作者财产权，就不必承担侵权责任，这叫"权利限制"。于是，有委员建议在确立保护的基本原则下扩大权利限制的范围，尤其是用于公益目的的合理使用。还有人建议扩大权利限制范围，同时加强对科研数据方面的著作权保护。

调研组在广泛的走访中还发现，在与一些企业和著作权权利人交流时，"侵权成本低、维权成本高"是大家反映较集中的问题。

"我的作品正版授权的网站有1000个，但是我搜索自己的小说，却有1000万个结果。"笔名为"唐家三少"的著名网络小说作家、全国政协委员张威在参加调研时颇为无奈地说。

二、问法于民

2019年4月2日，调研组在京召开小范围座谈会，笔者和著名作家、文著协会员李迪应邀参会并发言。李迪是7位发言人中唯一的作家代表。

对于盗版，作家李迪深感气愤。2018年，他发现自己的作品被一家出版社"不告而取"后，联合凸凹（本名史长义）、裘山山、李培禹、梁鸿鹰、徐可等五位有同样经历的知名作家与相关方交涉，对簿公堂，最终在文著协的支持下，六位作家胜诉，一度成为媒体热议的焦点。

"虽然我官司打赢了，获得了赔偿，但我知道在这个行业里维权成功的案例是凤毛麟角。"李迪如是说。

在座谈会上，多位参会代表建议对著作权侵权行为加大刑事打击力度，"因为著作权法没有拿出太有力的解释，著作权的刑事案件还是靠司法解释在进行，这不是正常现象"。

对提高侵权成本、加大打击力度的提议，参会代表和委员们都持赞成态度。一位委员说："法律要长出牙齿，就要加大处罚力度，此次修法需要在过去民事赔偿基础上加大刑事处罚力度。"

2019年5月13日，全国政协"著作权法的修订"双周协商座谈会召开，这是全国政协首次将著作权法修改列为双周协商座谈会的议题。会上，阎晓宏、李前光等12位委员、学者围绕著作权法修订的目标定位、价值取向、制度完善等建言资政，160多位委员在全国政协委员移动履职平台上踊跃发言。

2019年11月24日，中共中央办公厅、国务院办公厅发布了《关于强化知识产权保护的意见》，这是为贯彻落实党中央、国务院关于强化知识产权保护的决策部署，进一步完善制度、优化机制和指导今后我国知识产权全局工作的纲领性文件。该文件明确要求综合运用法律、行政、经济、技术、社会治理手段强化保护，促进保护能力和水平整体提升，加快著作权法修改完善，加快在著作权等领域引入侵权惩罚性赔偿制度；大幅提高侵权法定赔偿额上限，加大损害赔偿力度；强化民事司法保护，有效执行惩罚性赔偿制度，加大行政处罚力度和刑事打击力度。

进入2020年，全国人大常委会按照党中央的决策部署，加快了著作权法的修改进度。

2020年4月下旬，对于著作权领域而言，注定是个不平凡的时间点。诸多版权盛事，令4月的尾巴备受瞩目。

4月28日，恰逢中华人民共和国成立以来首个在我国缔结、以我国城市命名的国际知识产权条约《视听表演北京条约》生效；4月26日，恰逢第20个世界知识产权日；4月23日，正值第25个世界图书与版权日……

其间，有一件注定要载入中国著作权法制史册的大事：4月26日至29日，第十三届全国人大常委会第十七次会议对《中华人民共和国著作权法（修正案草案）》（共64条）进行了第一次审议。会后，全国人大常委会法工委将草案印发地方人大、中央有关部门、法学教学研究机构和有关社会团体征求意见，这意味着酝酿了10年的著作权法第三次修改迈出了重要的一步。

4月30日至6月13日，中国人大网公布第一次审议稿，公开征求社会公众意见。此次共收到5万多名网友的近16万条意见建议。5月初，众多网文作者对网文平台的格式合同强烈不满，纷纷登录中国人大网，要求在著作权法修改时增加格式合同的规定，呼吁相关部门出台格式合同。

2020年8月8日至11日，第十三届全国人大常委会第二十一次会议对吸纳各方意见后的修正案草案进行第二次审议。8月17日至9月30日，中国人大网公布第二次审议稿，公开征求公众意见。此次共收到了600多名网友提交的2100多条意见建议。与以往法律草案公开征求意见30天不同，中国人大网两次均将著作权法修正案草案公开征求意见时间延长至45天。

自2020年年初，著作权法修改草案进入全国人大常委会后，笔者应邀参加了全国人大宪法和法律委员会、教科文卫委员会和全国人大常委会法工委6月16日联合召开的座谈会，全国人大常委会法工委10月20日召开的座谈会，全国人大常委会法工委11月2日召开的评估座谈会。受全国人大常委会法工委委托，文著协邀请了"童话大王"郑渊洁参加评估座谈会，他是参会的唯一作家代表。这是法工委召集的著作权法修改草案最后一次座谈会。我留意了一下参会者桌上的著作权修改草案文本名称的变化，前两次座谈会参会代表讨论的都是送审稿，这次是表决稿。

郑渊洁现身说法，讲述了自己的维权艰辛，他呼吁尽快审议通过著作权法修正案草案，以便让广大权利人好好利用新法维护自身权益。参会代表一致认为，著作权法历经10年修改，目前的表决稿回应了社会的很多关切，已经比较成熟，应该尽快提交全国人大常委会审议通过，完成《著作权法》第三次修订，让新法在国家经济社会文化建设中发挥应有的作用。在现场，我能够充分感受到参会者对新法的迫切期盼。

2020年11月3日，全国人大常委会第七十五次委员长会议建议，11月10日至11日召开的全国人大常委会会议对著作权法修改草案进行第三次也就是最后一次审议。

2020 年 11 月 10 日至 11 日，第十三届全国人大常委会第二十三次会议在人民大会堂举行。11 日上午，会议审议通过了关于修改著作权法的决定。该决定自 2021 年 6 月 1 日起施行。

从 2011 年到 2020 年，著作权法第三次修订走过了 10 年艰辛的历程，终于完成。

时任中南财经政法大学知识产权研究中心主任吴汉东教授曾在《著作权法第三次修改草案的立法方案和内容安排》一文中提到，在知识产权法律体系中，著作权法可以说是法律关系最为复杂、法律内容最为丰富、法律变动最为频繁的一部法律，因此，第三次修改任务显得既艰难又重要。

修法进程慢是我国著作权法前两次修法状况的特点之一。而著作权法第三次修改启动初期，相关部门的动作并不慢。2011 年 7 月，国家版权局委托三家学术机构分别起草了专家建议稿。

2012 年初，国家版权局综合三个专家建议稿和公开征集的各方意见建议，在集中务虚研判、统一思想的基础上，对原著作权法逐章逐节、逐条逐款分析研究，多次集中封闭起草"修改草案"文本，经过认真推敲，反复论证，甚至激烈观点碰撞和内容取舍争论，数易其稿，根据国家版权局著作权法修订工作专家委员会各位专家、委员发表的意见，仅用两个月就推出一份共八章 88 条的著作权法"修改草案"第一稿（征求意见稿），向社会各界征求意见。2012 年 3 月 31 日至 4 月 30 日，国家版权局共收到来自中外各界的意见建议近 1600 条。

同时，国家版权局主动深入社会各界听取各方意见，通过多种渠道、场合，与社会公众交流互动，组织或参与修改草案讨论会、媒体互动会、调研座谈会，全力以赴跟踪了解媒体的反应和社会各方面的意见，特别是权利人组织、专业性人民团体、版权产业界和专家、学者的意见，并对各种意见进行认真梳理和分析研究。针对"修改草案"第一稿（征求意见稿）收集到的社会各界意见，结合著作权法修订工作专家委员会各位专家提出的修法建议，"法律草案起草小组"集中封闭，对"修改草案"进行修改、打磨细化、推敲完善，形成"修改草案"（第二稿）。

2012 年 7 月 6 日，国家版权局在官网发出通知，公开对"修改草案"（第二稿）征求意见，向社会公布法律草案文本和简要说明，并定向征求意见。随后，国家版权局举行著作权法修订"两会"议案提案办理汇报会、专题征求意见会，通过组织或者参与相关方召集的会议，专门听取与修法热点、难点问题有关的各利益相关方的意见，深入了解著作权领域不同利益主体的实际诉求和客观需求，兑现了"开门立法、民主立法、科学立法"的庄严承诺。

截至 2012 年 9 月 30 日，国家版权局共收到对"修改草案"（第二稿）的反馈意见和建议共 217 份。经过国家版权局著作权法修订工作领导小组和专家委员会讨论，组织专题汇报、研讨会，最后形成了"修改草案"（第三稿）。

2012 年 12 月 28 日，国家版权局向国务院正式呈送了《中华人民共和国著作权法》（修改草案送审稿）（共八章 90 条）。至此，著作权法第三次修订国家版权局所承担的"法律草案"起草工作正式落下帷幕。国家版权局从 2011 年 7 月启动修法，到 2012 年 12 月起草完成修改草案送审稿上报国务院，仅仅耗时一年半。这在我国应当是比较罕见的修法速度。

笔者有幸参加了国家版权局对著作权法第三次修改的多个研讨会、座谈会、汇报会，中国作协、中国文联、文著协等权利人组织多次组织专家、业界人士和会员进行研讨，向会员通报修法建议，向国家版权局数次提交修法意见和建议，很多建议被写入国家版权局呈送国务院的送审稿，部分建议被正式写入法律文本。

回想起国家版权局的这段不到两年的修法进程，那是一段令人振奋的时光，国家版权局"开门立法、民主立法、科学立法"，不但令个人收获甚丰，受益良多，也充分展示了文著协参与著作权法律制度完善的专业立场和执着追求，密切了文著协与立法机关、实务界、学术界的联系与互动。

这一阶段，也是国家版权局史无前例地大力广泛宣传普及著作权法的重要过程，社会公众的版权意识大大提高，全社会尊重创作、尊重版权、重视版权的良好风气逐渐形成。应该讲，这是国家版权局开展著作权法第三次修改所取得的一个重大社会成果。

与前两次修改著作权法的动机相对被动相比，第三次修改著作权法是第一次在没有外部压力的背景下进行的修改。中国人民大学法学院教授刘春田作为专家组成员曾撰文指出，著作权法第三次修改是为了应对时代的挑战和国情的巨变——与前两次修改是缘于必须达到加入 WTO 或 WTO 裁决要求的背景相比，第三次修改并没有来自外部的压力，根本的动力来自我国自身技术进步和经济社会的发展，来自国情的巨大变迁，来自社会实践和司法实践的迫切要求。

著作权法实施三十三年来，我国建立了司法与行政并行、多部门协调配合、保护力度不断加大的版权双轨保护体系，行政执法有力维护版权市场秩序，软件正版化促进软件产业高质量发展，著作权集体管理组织作用凸显。

著作权法第三次修订，贯彻落实了党中央关于加大知识产权保护力度的决策部署，围绕完善作品定义、加强网络空间版权保护、实行惩罚性赔偿、加大侵权行为惩治力度、加强与其他法律的衔接、落实有关国际条约的义务、强化行政执法力度、加强技术保护等问题，对著作权法进行了多处修改和完善，有利于加强版权保护、促进作品的传播和产业发展，有利于提升版权领域治理效能，有利于推进文化和科学事业的繁荣发展，符合我国现阶段经济社会发展的实际。

2020 年的"双十一"，从此以另一种"姿势"载入中国史册。

2021 年 6 月 1 日，新版《中华人民共和国著作权法》正式实施。

第五章

冰山之下

一、且看"冰山一角"

我国虽然不是判例法国家，但典型案例发挥着通过个案解读法律和统一法律适用标准的作用，在法律体系中有着举足轻重的地位。也正因如此，著作权法实施三十二年来，一直在各种法治事件及其引发的疑问思虑中不断前行。

有人曾问：包括文学创作在内的文化产业，与著作权法之间究竟有怎样的关联？

我们先不急于回答这个问题，只说说近来能够觉察的现象之一：越是文化产业繁荣发展的时候，与著作权保护即版权保护密切相关的"热点新闻"越多。

尤其是近十年来，中国故事精彩纷呈，文化事业空前繁盛。与之相对应，一些与作家作品密切相关的"热点新闻"让人记忆犹新。为管中窥豹，以下列举几个有热度的版权案例故事：

2012年2月的一天，女作家盛可以发微博抱怨，自己的新书出版后，被某出版社拖欠稿酬长达一年之久。她与出版社编辑交涉多次，却备受刁难，对方的很多推托之词和搪塞态度令人气愤。该条微博引发网友大量评论和转发。盛可以的《可以书》是"小众作者"系列（第一辑）中的一部，2011年2月出版，印数6000册，合同约定稿费在书出版后90天内即2011年5月付清。在多次讨要未果的情况下，盛可以才无奈诉诸微博，并公开向中国文字著作权协会求助。

2012年2月21日上午，文著协接受委托，向有关部门投诉要求协助解决。当天下午，盛可以发布微博，称稿酬一事得到妥善解决，感谢文著协和网友。

那么，自由撰稿人的收入到底怎么样呢？

在很多人的心目中，"作家"应该很光鲜，他们不缺钱，况且，与作家谈钱显得"太俗气"。至于写畅销书的女作家，就应该像20世纪三四十年代的张爱玲一样，穿一身考究旗袍，踩一双精致绣花鞋，面带微笑，缓步从花园洋房的墙根儿前经过，但事实并非如此。

中国文字著作权协会
China Written Works Copyright Society

中国文字著作权协会会标

　　随着改革开放，从 20 世纪 80 年代末到 90 年代初，中国知识分子的自我意识普遍强化起来，他们越来越明确地意识到：我的价值由我自己决定，我的存在靠我自己证明。

　　在这种背景下，更多的文化人摆脱了单位的束缚，走上了自由撰稿人的道路。电脑和网络的普及开辟了自由撰稿人全新的时代。报刊发表、图书出版、网络写作，是自由撰稿人获取收入的三大重要来源。这些自由撰稿人大都是读者口中的"作家"。

　　若干年前，《合肥晚报》曾发表过一篇《作家稿费揭秘》，文章中提到，早些年记者约一知名作家写稿，那位作家的口气很牛："你们报社给我多少钱？我写一个字 5 元钱，2000 字就 1 万元。"当时记者吃了一惊，心想，按这个标准，作家们也不要去"玩"影视剧了，光靠"码字儿"就可以发大财。

　　事实是这样吗？写作者出一本书能赚多少钱？圈子里给出的答案是：低的几千元，一般的几万元，高的达几十万元，甚至几百万元。能靠写书赚大钱的，一般是三类人：其一是传统意义上的知名作家；其二是演员、主持人等知名公众人物；其三是知名网络作者。而对于出版社来说，只要能拿到他们的作品，开机印刷"就像印钞票一样"。但是，能赚大钱的"三类人"凤毛麟角，占到全国写作者的 0.05% 都不到。对很大一部分自由撰稿人来说，写作是热爱、是理想，但要靠这个养家糊口实在辛苦。

　　目前，出版社给作家支付稿费主要有两种方式：一是稿酬，自前些年稿费调整以来，稿酬一般是千字 100 元至 300 元。值得一提的是，一些报纸杂志为了约名作家的稿子，有时千字开到 500 元甚至更高；另一种方式是版税，标准是 6% 至 10%，当然也要看作者的知名度，版税拿到更高比例的也并不鲜见。版税及书价一旦确定，作家拿多少钱就取决于印数或销量。

　　2011 年，作家韩寒发现其三部作品被上传至百度文库，供用户付费或免费下载。遂致函百度，要求其停止侵权，但百度文库没有回应，始终存在着大量侵权文档。2012 年 7 月，韩寒委托作家维权联盟将百度告上法庭。原告认为，百度文库的行为侵犯了其著作权，请求法院判令百度停止侵权行为，并采取有效措施制止侵权行为再次发生；关闭百度文库；同时连续七天在百度首页赔礼道歉并赔偿经济损失。

被告百度公司辩称，其文库属于信息存储空间，文档由网友上传，百度并未对作品进行修改等编辑行为，且在收到韩寒投诉后，已及时删除投诉链接和相关作品，不存在过错，不应承担侵权责任。

北京市海淀区人民法院经审理认为，被告在涉案文档的处理中存在消极等待的行为，未能采取必要措施制止侵权内容传播，且百度文库在人工审核时理应对涉案文档负有比一般文档更高的注意义务，应有合理的理由知道该文档侵权，因此在主观上存在过错，应当承担相应的法律责任。

法院同时认为，百度文库属于提供信息存储空间服务的平台，不负有对网络用户上传的作品进行事先审查、监控的义务，对原告提出的关闭百度文库及道歉等诉求予以驳回。

2012 年 9 月 17 日，法院最终判决被告赔偿原告经济损失总计 8.38 万元。

百度公司是否受到"避风港"原则的保护而予以免责，是否"明知或应知侵权"，是本案争论的焦点。

原被告双方一致认可，百度文库提供的是信息存储空间服务。而作为信息储存平台，百度文库一直以"避风港"原则作为自己免责的理由。根据《信息网络传播权保护条例》第二十二条规定，网络服务商提供信息存储空间服务的，在不知道也没有合理的理由应当知道其存储空间中的作品侵权的情况下，在接到权利人通知后，及时删除侵权作品，不承担侵权责任。但"避风港"原则并不能成为侵权网站免责的挡箭牌，法律上还有"红旗原则"作为补充：如果侵权事实像红旗一样显而易见，网络服务商就属于"明知或应知侵权"，应当承担法律责任。

2018 年 6 月，"姥姥"和"外婆"的称谓引发公众的广泛讨论。

这波舆论源起于某地方出版社对其出版的小学语文教科书的修改，该出版社将小学二年级语文教科书第 24 课《打碗碗花》原文的"外婆"改成了"姥姥"。被改动作品《打碗碗花》的作者、国家一级作家李天芳称，文章被改动之前，她并不知情。她说，文章修改可商量，但最好事先沟通，这也是出版机构对作者基本的尊重。"外婆"和"姥姥"之争的双方并非投稿或约稿关系，出版单位擅自将课文中的"外婆"改为"姥姥"，涉嫌侵犯著作权人依法享有的修改权。不过，教材出版单位并未侵犯文章作者的保护作品完整权、演绎权和汇编权。

2018 年 6 月 23 日，当地教育主管部门责成市教委教研室会同出版社迅速整改，将该文中"姥姥"一词恢复为原文的"外婆"一词。出版社公开致歉，称在修改课文时只考虑了识字教学的因素，未征求作者意见，也没有充分意识到地方用语习惯。

此次争论引发的文化讨论，让尊重作者文意和地方用语习惯的理念深入人心，其中反映的教科书著作权保护问题，更值得关注。

2014 年 3 月 21 日，北京市第三中级人民法院就马爱农诉某出版社抄袭其译著《绿山墙的安妮》一案做出二审判决。二审法院维持了一审判决：认定该出版社出版的《绿山墙的安妮》是侵犯了马爱农的署名权、修改权、复制权及发行权的作品，赔偿原告经济损失 2.5 万元、合理费用 5000 元。

二审法院判定，人文版《绿山墙的安妮》与涉案版《绿山墙的安妮》绝大部分文字一致，仅有极少部分的人名、地名及其他个别字句不同。人文版《绿山墙的安妮》出版发行时间在前，涉案版《绿山墙的安妮》出版发行时间在后。本案中，综合考虑涉案翻译作品的知名度及侵权期间的市场影响力，马爱农的知名度，涉案出版社的过错程度、侵权程度及损害因素，涉案翻译作品的独创性程度、创作难度及投入的创作成本等因素……原审法院参考国家相关稿酬规定，在上述计算标准的基础上翻一倍计算的判决并无不当，予以维持。

马爱农对此判决结果表示失望，她说："作为一名译者和外国文学编辑，翻译作品遭遇抄袭、剽窃，在我的工作中经常碰到。我之所以鼓足勇气打这个官司，一是想通过这件事，为涤荡出版界的不良风气尽一点点绵薄之力；二是有人民文学出版社（同时也是译本《绿山墙的安妮》的版权所有者）举全社之力支持我的维权行为。然而，令人大失所望也愤愤不平的是，两审判决都仅判处被告赔偿 3 万元。这样的判罚力度、如此低廉的侵权成本，势必变相鼓励违法侵权者们继续侵权，并更加有恃无恐。"

……

那些年，那些引发社会关注的热点版权事件，一次次刷新人们尤其是相关从业者对于版权保护的认知。

有一个共识是：我国以法律"强保护"为基础、社会各方参与共治的版权保护生态已基本形成，版权保护为文化产业的发展起到了保驾护航的作用。

"法治"本身是一个漫长且循序渐进的历程，从 2001 年著作权法第一次修订到 2021 年新著作权法的实施，有着长达二十年的间隔，又因着著作权本身的特殊属性，使得那些让人印象深刻的版权事件，仅仅成为这个过程中无意显露出的冰山一角。而更多的是冰山之下隐藏在法理间隙的故事，它们浮现于 2019 年全国政协调研组的访查中，演化为网友们成千上万条意见建议。也正是这些数量庞大又形形色色的真实存在，推动着著作权法与所处时代的不断契合。

二、我，仅仅是作者

这是青年作家陆华（化名）第一本公开出版的图书。图书的封面，拿来做了首发式前台的背景，蔚蓝的主色调，很有格调。

是的，这是一个在大型书城举办的新书首发式，主办方是出版社。由出版社张罗的新书首发宣传，一般来说都是出版社的重头选题、年度重磅作品。

还有十分钟，首发式就要正式开始了，一切准备就绪，邀请的嘉宾陆陆续续到了，与作者见面握手后便走到前排落座。文友们纷然而至，许多人这些年来亲眼见证了陆华为了文学创作付出的心血以及经历过的曲折坎坷。陆华站在门口微笑着欢迎他们，有人轻轻拍拍她的肩，低语道："祝贺你，总算要熬出头了！"

首发式场地在书城一楼阅读区的中心位置。周末的读者很多，虽然绝大多数读者对于作者和这本充满锐气的新书一点儿也不了解，但打破书城一贯宁静的喧嚣还是成功吸引了读者们的注意。他们从层层叠叠的书架旁边穿过去，站在首发式场地的入口驻足观望。

有的人灵活，看后排有不少空位，顺势坐下，再随手拿起一本供展示的样书读了起来——不知是谁，竟然将这本新书的塑封悄悄撕开了。

主持人走上前台拿起麦克风的时候，场下坐着的、站着的已经满满当当。矮胖的书城经理兴奋地站在前台一侧，满脸堆笑。这个早年做过书商的男子嗅觉很灵敏，他深信这本能够畅销，因此冒着风险首批就订购了 3000 册。

陆华坐在前排接近正中的位置，紧挨着出版社的一位领导。对这位 32 岁的年轻作者来说，面对 2019 年夏天这场盛大的新书首发式，她的心情除了激动之外，还有更多复杂的东西。

当然，首先是收获的喜悦。收获来之不易，这部 30 万字的作品，三年间她先后五易其稿，甚至顶着将近 40 度的酷暑，自费跑到外地专家所在城市，聆听那些近乎刻薄的意见与建议。因为她知道，作为一个名不见经传的年轻作者，实在需要一部扎实的作品立身。

功夫不负有心人，新书甫一出版便获得了业内众多好评。这次新书首发式上，出版社邀来了许多德高望重的文坛大家，大家对她交口称赞。

喜悦自不必说。还有的，是不可言述的苦涩。

陆华是这本书的作者，她的名字就堂皇地印在书的封面上。可陆华，也仅仅享有署名权而已。

当初，出版社很有诚意，分管副社长和责编飞到陆华所在城市，与陆华当面座谈，邀请她以长篇小说形式创作一个重点题材。

对于如此的阵仗，"小作者"陆华受宠若惊。出版社的人告诉她，选题早在一年以前就确定了，但一直苦于没有找到合适的作家，原本他们想请一位获过茅盾文学奖的著名作家"操刀"，奈何名家总是繁忙，也正是这位著名作家推荐了正活跃于文坛、中篇作品常见各大文学刊物的陆华。

出版社先说报酬问题，版税按照 9% 来算，预付稿费按照千字 600 元计，条件很是优厚，但出版社要与陆华签订的并非"出版合同"，而是一份"委托创作合同"。在这份合同中，出版社是"甲方"，作者陆华是"乙方"；作品著作权归"甲方"，"乙方"仅享有署名权和稿酬版税，合同甚至注明这样的条款：如作品获奖，奖金分配由甲乙双方共同协商……

陆华当然知道，一个作者丧失著作权意味着什么——他（她）仅仅是作者，而不是这个作品的真正主人，无法处置自己的作品，后患很多。在考虑的十天时间里，陆华内心经历了一轮轮痛苦挣扎：不签，很可能丧失这次图书出版的机会，而自己出书，像她这样根基浅薄的作者，几乎只能走自费出书的路径，动辄就是五六万元，太贵，况且也不甘心；签了，后期的委屈与被动几乎在所难免。

当天的首发式，陆华十分风光，她站在台前，激动地与文友读者们分享自己三年创作的心路历程。出版社领导也上台，把最美好的赞誉和期许送给这本书。台下掌声雷动，陆华竟然有些恍惚。

美好的开端很快如烟花般散去，随着时间的推移，各种矛盾接踵而至，横亘在"作者"和"著作权所有者"之间。

省级文学奖的征集启动，陆华觉得这部新作品很有希望，但她清楚，能否报名参赛还要看出版社的意愿。于是，陆华把希望参赛的想法告诉责任编辑，并把官方文件发给她。责编当即告诉陆华，这件事情她也不能做主，必须请示分管社领导，让她耐心等待。

等待的时间令人焦灼，隔三岔五，就有热心人动员她拿着新书去参赛："以你的实力，胜算大着呢！"说得陆华心里痒痒的，一夜的翻来覆去之后她鼓起勇气再给责编去了一通电话。虽然责编的回答依然程式化，但朋友们的一再鼓动，让陆华觉得，自己这部作品很有竞争力，如果不去参赛实在太可惜。所以，她再三央告责编，请她一定帮忙说服出版社领导，因为获奖对大家来说都是好事。

一个月后，距离文学奖征文截止还有几天，责编终于给陆华回话了，大致意思是出版社领导不赞同这个作品现在申报文学奖……

新书顺利上市，因为题材的特殊性很快引起了读者们的关注，短短三个月便卖出一万册。畅销的图书，在累积"书粉"的同时，吸引了好几个赫赫有名的影视公司。他们慕名而来，首先找的自然是作者。制片人想从作者那里得到影视版权，可陆华只能让他们去找出版社。当然，出版社究竟怎么谈的，她一无所知。

陆华清楚地记得，当她把那位制片人的电话发给责编时，责编叮嘱道："以后有来找你影视的一律告诉我，我们知道怎么处理。"陆华感到，此时自己仅仅是作者，仅仅享有署名权以及从甲方手上拿报酬的权利，除此再无其他。在出版社和影视公司的谈判桌上，陆华就像个局外人。

最后，出版社终于与一家影视公司谈妥转让影视版权的协议，出版社仁义地"分"给了陆华一些转让费。这个金额从未与陆华本人商量过，因为出版社觉得没有告知"乙方"作者的必要。虽然当初的委托创作合同并未提及影视化的问题，但在出版社看来，自己作为"甲方"明确拥有全部著作权，自然也包括影视版权。……

从闹得沸沸扬扬的"作家向出版社讨薪难"，到陆华所经历的出版社通过一纸"委托创作合同"，便随意剥夺作者的著作权，出版社与作者之间究竟应当如何摆正关系？

"你知不知道，出版社上市一本图书要承担多大风险？如果不能在这当中有所收益,那就只好请作者自费出书或找单位合作出书。"一位大型出版社负责人说。

"图书市场不景气已经持续数年，现在图书生命周期越来越短，新书上市，再火爆也不过半年时间；超过一年的，除了工具书、文学名著外，基本上无人问津了。"一位知名连锁书店经理说。

这样一看，让不少作者生出各式怨言的出版社，确实也颇有苦衷。毕竟，出版社在改制的大背景下，纷纷以企业形式运转，既然是出版企业，不仅要考虑社会效益，也不能忽视经济效益。自负盈亏的经营模式决定了出版社要生存要盈利，必须向社会要发行量，必须开源节流，才能保本增效。在这个过程中，难免就会出现"苛待"相对弱势的作者的案例。但出版社也不总是处于强势地位，遇到一些"大牌"作者，出版社"忍气吞声"的情况也不在少数。

但所有人应该看到的是，著作权法在第一次修订时就表达了一个明确的法治态度：出版社与作者的地位，都应该是一律平等的，在契约关系中，应当遵循诚实守信、互惠公平的原则。

三、备受好评的传记图书为什么没能影视化

有时，作家即使手握作品的完整著作权，可版权的许可使用和转让，仍然有着难以跨越的鸿沟。仅仅依靠作者享有的权利，无法解决所有问题。

这几年，传记作家庄倩（化名）一直在为她那部社会影响力很大却难以影视化的传记图书而苦恼。眼见写小说的文友们接二连三地转让影视版权，由他们的作品改编的网剧在"爱优腾"等平台热播。影视化让原著在这个以碎片化阅读为特征的网络信息时代，占得图书市场难得的一席之地。

"我的书再版了，印数一万册。""我的那部作品，我挂着特约编剧，这也是一笔收益……"每当和文友们喝茶聚会聊到这类话题，一旁沉默着的庄倩，心头难免五味杂陈。

"不是没有制片人看上这本书，一般人恐怕想不到，影视化的主要问题竟出在传主身上。"庄倩说。

2017年初，庄倩的新书问世不久，就在国内外引起了轰动。众多评论家一致认为，她的作品题材独特、采访扎实、文笔细腻动人、人物刻画生动，是一部上乘的纪实作品。

社会上的读者接触到这本书以后，几乎都表示"读完开头就想一口气看下去，太精彩了"。许多书店把这部传记作为畅销书摆在最显眼的位置。

书中主人公自强不息、百折不挠的传奇经历，同时得到了数家知名影视公司的关注，一时间，这本传记图书的影视版权变得炙手可热。

这时，律师朋友提醒了喜不自胜的庄倩：虽然这部图书的著作权在你手里，可这部作品写的是真人真事，用着传主的真实姓名。当初你出书的时候并没有与传主讨论影视化的问题，虽然你作为著作权所有者转让这本书的影视版权无可厚非，但影视公司要据此进行拍摄，必须征得传主本人同意，否则很可能涉及侵权。

律师朋友的分析，庄倩都听进去了。虽说因为传主的存在，或许会让传记图书影视化的过程有一些曲折，但当时的庄倩，站在传主的角度天真地认为：如果能把自己的故事从图书搬到大银幕，让更多的人看见，对传主来说也是一件好事，他肯定不会拒绝。

但现实并不像庄倩所设想的那样。接二连三，几个影视公司先是与庄倩签订了意向书，又找到传主进行沟通，却因为各种各样的理由被传主拒绝。据庄倩所知，最主要的问题是传主索要的费用太高。既要付给作者价格不菲的影视版权转让费，又要付给传主高额费用，对于一些实力一般的影视公司来说负担太重，难以承担，所以只能作罢。

2021年初，一家看上去实力雄厚的影视公司制片人找到已经打蔫儿的庄倩，直接亮出公司在过去十年制作的电影，也特意说明，"我们对于制作真人故事改编的电影很有经验"。

庄倩把之前遇到的困难坦率相告，精明干练的年轻制片人马上拍着胸脯告诉她："放心放心，说服传主的事情就包在我身上了！"与以往那些制片人来回"讨价还价"不同，这位制片人满口答应，向庄倩承诺了50万元的转让费，然后从她手上拿到了传主的联系方式，说是尽快飞过去找到传主搞定这件事。

此后一晃两个月过去，这位令人感觉踏实且放心的制片人再也没有跟庄倩联系过。

事情进展如何，制片人跟传主谈得怎样……一系列问题都在庄倩心里七上八下。碰过太多钉子的庄倩甚至不敢直接去问，因为她怕结果又跟从前一样。

那一段时间，胆怯的庄倩试图侧面向传主询问沟通情况，却一直联系不上他。

最后，庄倩鼓起勇气，直接打电话向制片人询问。

制片人委婉地告诉她，前一段时间他专门去找了传主，传主答应他们直接以自己为原型拍摄纪实电影。这样一来，公司就不需要再用文学作品来进行影视改编，所以，他们之间的合作就不存在了。

听到这一席话，庄倩的胸中充满了被人玩弄于股掌之中的愤怒，但于法理上似乎又找不到任何漏洞。那一刻，庄倩深感无力。放下电话，她一下子瘫倒在沙发上，浑身直冒冷汗。

是的，如果绕过图书直接找原型人物拍电影，那么这部图书的影视化之路就彻底完蛋了。她写这部作品的辛苦投入，传主非常清楚。虽然传主的做法颇显无情，但趋利避害乃人之常情——绕开图书直接拍电影，于传主而言，不但没有影响，反而实际收益更丰厚。影视公司呢？他们不再需要支付影视版权转让费，收获更丰。那么，接下来的进展是否会对图书构成实质上的伤害？

还是那位律师朋友提醒了庄倩，虽然影视公司说直接按人物原型拍电影，但他们还是需要故事。他们短时间内很难拿出剧本，所以传记图书极有可能成为他们的"隐形剧本"。律师朋友处理过不少类似案例，从他的既往经验看，在这样的情况下，图书被电影侵权几乎在所难免，必须防患于未然。

于是，庄倩直接喊话那位制片人："你们尽管去拍吧，但你们的内容得想方设法绕开这本书才好，如有雷同咱们法庭见。"不久之后，传主也得知了庄倩喊话制片人这件事，因为担心后期可能因此引发官司，最终没能与影视公司签约，此事不了了之。

此后，庄倩的这本书，一直绕不开"影视公司先联系作者，然后找到传主沟通，准备绕开图书拍电影，作者防侵权喊话"或是"影视公司与作者相谈甚欢，但传主不同意"的两大怪圈，以致这本备受读者好评的传记图书至今未能影视化。

四、并非个案的"不守规矩"

庄倩的故事并非个案。作家吴茗（化名）专门向单位请假，用两年时间完成了一部关于中国乡镇企业的报告文学，里面主要涉及三位具名的真实人物。

在这部报告文学影视化的过程中，为了尊重书中"主人公"的合法权益，吴茗几乎用了一年时间与这三个人沟通斡旋，想要他们同意作品搬上大银幕，但始终无法统一意见。

有的不同意作品影视化，认为"自己的家事不必搬到电视上演"；有的同意影视化，说"这肯定是一件好事"，但要影视公司跟他再签份"补充协议"——付给酬金 10 万元；有的则过一段时间变一个主意。

几年下来，不下六七个影视公司先后找到吴茗，因为书中"主人公"有意无意设置的各种障碍，这部优秀的纪实作品始终没能实现影视化。

由此可见，与纯属虚构的小说作品相比，有着完整著作权的纪实文学要搬上大银幕，确实有着独特的难处。

在某些特殊的情况下，作者是否仅仅是作者，是否享有著作权，还存在着争议。

2020 年，知名作家邓启舟（化名）受某县委宣传部委托，创作一部反映该县脱贫攻坚工作的长篇小说。当时，由县委宣传部起草的"委托创作合同"上并未注明著作权归属。

邓启舟历时一年完成 12 万字的小说文本后，便将稿子送到县里审核。在此期间，邓启舟突然接到某杂志约稿。哪个作家不渴望在国家级大刊上稿？这是人之常情，由此，渴望常常战胜理智。邓启舟便在没有告知县委宣传部的情况下，直接将稿子交给杂志发表。几个月后，这部作品作为"头题"刊出，县委宣传部才知道这件事。

就在此时，这部原属"命题作文"性质的长篇小说，还在县委宣传部的审核中，有着浓郁文人气息的邓启舟特别注重作品的文学性，可能对其他方面有所忽略。但是，对于把文学性排在第一的杂志而言，这些"文学性"的部分是作品最出彩的部分，因此，刊物全部刊出，并无删减。

邓启舟此举，显然触怒了热情邀请他前来创作的甲方县委宣传部。那天，县委宣传部一名分管文艺工作的副部长专门赴省城找到邓启舟，对他在文稿尚未通过审查的情况下便擅自发表的行为表示愤慨，并表示，县委宣传部将作为委托作品著作权所有者追究他的侵权责任。

那么，委托创作合同中的"甲方"一定是著作权所有者吗？

邓启舟的律师提出，当初的委托创作合同中并未注明对外发表必须交付审核这样的条款，且合同并未明确著作权归属。按照著作权法关于委托作品的规定，双方未约定作品版权归属或约定不明的，委托作品的著作权归受托人也就是作者所有。换言之，作者从作品创作完成便拥有著作权，自然也就能对作品进行自由处置。

最终，邓启舟"私自发表"这件事没能闹上法庭，甲乙双方私下和解，但县里没有按约定付给作者全部稿酬。当时合同约定的 15 万元稿酬，邓启舟最终只拿到了 3 万元的"定金"。

还有一个故事。

评论家李致远（化名）经过多年的准备，与一家大型出版社合作，出版了一套 12 册的主题丛书。这套书一本书一位作者，12 位作者都是李致远选定的颇有发展前景的青年作家。

李致远作为丛书主编，与出版社一口气签订了 12 份图书出版合同，接着，李致远代表作者，又在每份合同的"著作权人"位置签上了自己的名字。自此，李致远认为，自己享有该套丛书的全部著作权，每一本书的作者未经他这个"著作权所有者"的许可，都不能对自己的作品擅自处置。

后来，丛书中的一册图书被一家知名阅读平台看中，责编找到本册图书作者，请他签下了授权连载合同。当然，这位年轻作者并未将此事告诉有着"知遇之恩"的丛书主编李致远。

2021 年 8 月，李致远偶然得知此事后怒发冲冠，坚决认定这位作者侵犯了丛书的著作权，并据此不依不饶地诉至公堂。那时，最新修订的著作权法已然施行，一切都变得越发有规可循。

审理中，法院并不支持原告李致远所说的"侵权"，因为在一套丛书存在多位作者的情况下，著作权归属需具体认定，并不是编著该丛书的"主编"就拥有全部著作权，丛书作者同样享有法律赋予的正当权益。

五、"洗稿"抢了你的阅读量

对王楠（化名）来说，那个特殊题材的获得，纯属意外。

2018 年初春的一个夜晚，王楠领着自己哭哭啼啼的小女儿，到离家大约 3 公里外的某三甲医院看急诊。晚饭时小女儿吃鱼一不小心卡了一根鱼刺，吞菜、喝醋等土办法用尽，都没法儿弄掉横在喉头的那根刺。孩子哭闹着喊疼，家门口的社区医院晚上没有医生，无奈的王楠只好带着她开车去大医院取刺。

原本王楠以为晚上9点多钟的医院应该清清静静，却不料四处灯火通明，急诊科里满满当当、人来人往，病患和陪伴的家属一脸愁云，医护步履匆匆、手脚不停。好不容易排队转诊专科，岂料需要夹鱼刺的大人小孩居然也要排队。等到医生小心翼翼地持着鼻咽腔镜夹出女儿卡在咽喉处那根鱼叉状的"飞刺"，已经是深夜快11点了。

"唉，吃鱼都要来趟医院，一折腾就是几个钟头，不容易呀。"王楠一边向医生道谢，一边随口唠叨。

"这就叫不容易呀？你们这算最小的事情了。你从医院东门走出去看看，那些搭帐篷的，一搭就是几个月，那才是真正的不容易。"医生苦笑着说。

"医院外面搭帐篷的人？他们是谁？为什么要搭帐篷？"王楠很好奇，刚想多问上几句，不耐烦的医生已经挥手示意她们出去，然后招呼下一个因为鱼刺卡喉而疼痛难忍的急诊病人。

到东门去看看！在好奇心的驱使下，王楠顾不上小女儿要回家的闹腾，决意去一探究竟。

王楠不是一名普通的家庭妇女，虽然她不施粉黛、衣着朴素，看上去很不起眼，但她有一双敏锐观察社会的眼睛以及由职业习惯养成的高度敏感。

早年，王楠在某都市报工作，一直从事社会新闻报道，采写的通讯视角独特，曾多次获奖。自2016年起，王楠转型成为一个新媒体写作者，专门挖掘具有烟火气的百姓故事，然后写成特稿在公众号推送，阅读量常常逾10万。

王楠苦心经营的个人公众号在取得社会关注度的同时，也获得了良好的经济收益——公众号常年固定着几家出手不凡的广告客户。

这家三甲医院占地上百公顷，门诊部正对着的是北门，东门则紧挨第三住院部，从门诊步行到东门将近一刻钟。第三住院部是前两年扩建的，原先这里是一大片荒地。王楠开车从东门慢慢溜出去，立即入眼的是前方十来米开外几乎没有车辆行驶的空寂马路，还有靠近马路尚在建设中的绿化带。

突然，绿化带中有种特别的东西吸引了她，是帐篷！而且不止一两顶，借着周遭光线晃眼一看，竟有六七顶！王楠赶紧把车靠近绿化带一侧停下来，给了女儿一些小零食，让她乖乖留在车里，自己则独自朝翻着黄土的绿化带走去。

路灯明亮，她看见的不仅仅是近处的这几顶帐篷，随着两侧绿化带的延伸，目光所及之处竟零散分布着各色帐篷。

这些帐篷大部分是驴友在野外使用的那种，也有一些极其简陋，就是一大块塑料布加上一些铁丝和木棍支撑。走近路灯旁的一顶帐篷，王楠看见一个男人正露着半个身子探头抽烟，里面一个女人支着小酒精炉子，正在加热什么东西——袖珍的精钢锅冒着热气，散发出浓郁的香辣气味。

"你们为什么在这医院门口搭帐篷住呀？"王楠问。

"家里孩子在医院治病呗。"男人答道，带着明显的四川腔。

"那你们可以陪床呀，条件也比在外头强。"

"陪床还得交费，再说，医院规定我俩平常只能留一个人在里面照顾小孩，另外一个人在外陪着照应。孩子马上要做大手术，现在进了层流室，我们不好继续待在住院部，就都出来了。"女人回答。

锅子里的东西恰好熟透了。女人熟练地夹灭酒精炉，转身从旁边的塑料袋里摸出一副碗筷，又拧开一个旧饮料瓶，从里头倒了点儿清水涮涮碗，接着从仍在沸腾的小锅里小心翼翼地弄出一大半汤汤水水倒入碗里，然后递给男人。

许是饿了，男人接过碗，顾不得眼前还站着一个陌生人，便立马"呼噜呼噜"吃起来。女人则小心翼翼地端起锅，一边吹，一边拿筷子搅动里面的汤水。这时，王楠借着外头的光亮看清，原来他们分吃的是一小锅红彤彤的麻辣米粉。

"你们在这里住了多久啦？"王楠小心地问。

"哟，陆陆续续得有大半年了吧。"男人边吃边答。

夫妻俩来自重庆郊区，重庆人耿直又健谈，很愿意"跟别个摆龙门阵"。于是，王楠听到了这样的故事——

1年多前，夫妻俩7岁的儿子突然高烧不退，浑身满是瘀青。到了儿童医院检查血常规，发现"三低一高"的危险情形——血小板、红细胞和中性粒细胞降低，白细胞升高。随后，通过骨髓穿刺确诊为急性白血病。尽管夫妻俩不计投入地给孩子治病，可3个月下来，孩子病情一直没能稳定。

后来，有朋友介绍说，这里的三甲医院血液科在全国名列前茅，救治过无数危重患者。于是，夫妻俩就满怀希望地带着孩子来了。在这里治疗了1个月以后，孩子状况虽然稳定下来，但后续花费依然很大。夫妻俩决定，本来就没工作的妻子留在病房照料孩子，丈夫则回去继续上班。孩子病情时不时反复，丈夫揪着心，怕妻子一个人扛不过来，便常往这里跑，导致单位里因为他的疏忽出了事。

丈夫被开除后，索性带着卖掉老家房子的钱到这边一起照顾孩子，可大城市消费高，孩子的治疗本就是无底洞，终究还得有份工作。丈夫首先想到的是留在医院当护工，这样还能免费解决住宿问题；但护工必须持证上岗，他没有护理证。最终，丈夫在一处工地找到工作，报酬日结。

通常，孩子每次住院最长不会超过1个月。如果中途只休整几天又要继续，他们一家会找个便宜的小旅馆住下，顺便也能给孩子弄点儿好吃的；如果休息1个月才开始下个疗程，他们就带着孩子回去住在妻子娘家。最麻烦的是前者，他们在孩子漫长的住院期间得有个经济划算的住处，一直住旅店花费太大，陪床又不能两个人，况且陪床费也得每天10元，于是有人建议他们可以弄个帐篷——虽说条件艰苦些，倒也还能过得去。那个时候，医院东门附近还在建设，但已经有不少病人家属搭帐篷了。

一切习惯就好。简单的洗漱在医院厕所里完成，三餐也可以在工地或医院解决，帐篷拿来睡觉。当然，也可以准备酒精炉子、充电宝、电饼铛、方便食品、干粮，等等，以备不时之需。就像这天，丈夫收工晚又累又饿，而妻子在为儿子即将到来的大手术做全面准备，甚至没时间吃晚饭。这时酒精炉子和超市里买来的五元钱一大袋的麻辣方便米粉就派上了用场。

"据我所知，周围这些帐篷大部分情况跟我们差不多，都是为着照顾病人而来的外地人。"女人告诉王楠。

这天晚上王楠回家之后，心情久久不能平复，翻来覆去，彻夜失眠，心中似有一只脚爪尖利的小猫在抓挠一般。

之后的一个月，王楠天天到那所三甲医院的东门外去采访，有时为了拉近与受访者之间的距离、听到他们更加真实的生活情形，她甚至会邀请他们下馆子，由她来做东，大家想吃什么吃什么，颇为大方。因为知晓帐篷里的人的不易，她也会到超市买好牛奶、水果、纸巾、面包等东西给他们送去。

越熟悉，她听到的故事越多，知晓的真相也越多。帐篷里，操着天南海北口音的人们，多数是救治儿女的父母，也有守候年迈父母的孝顺子女，还有带着女儿住在帐篷里的父亲——他的妻子、女儿的妈妈一直昏迷不醒，就算倾尽家财，他也不愿放弃……

于是，关于"三甲医院大门外帐篷"的六千字特稿横空出世，人情冷暖、社会百态汇聚在深度采访后形成的字里行间。不过几个小时，就有将近 10 万的阅读量，照这样的趋势下去，冲击 20 万阅读量毫无问题。

但仅仅过了一天，王楠就惊讶地发现，公众号的热度马上被瓜分了——数个新媒体平台直接利用她的特稿内容组合成各种煽情文章，标题也格外吸引眼球，什么"睡在医院大门外的夫妻""泣血真情，来自医院门外帐篷的讲述"，每篇文章的点击量都很高。

王楠怀着复杂情感、辛苦采访一个月并付出大量心血的特稿，在经历一天的阅读量暴涨之后，便渐渐地停滞不前了。

"就是因为那些'洗稿'的东西抢了你的阅读量，他们不需要付出任何劳动，直接窃取别人的成果还理所当然。这种行为实在太无耻了，你一定要找他们算账！"一位新媒体朋友对王楠说。

在一众人的鼓励下，王楠很快联系上了其中一名"洗稿者"——他的"洗稿"行为，相比其他人更为突出。他几乎断断续续抄袭了原稿的 90% 内容，然后加上几句简单评论，再配一个新标题。因此，王楠第一个找上了他。

面对原创者的愤怒，这位"洗稿者"很是坦然，甚至可以说是理直气壮："你写的都是真实发生的事情，事实就摆在那里，又不是你虚构出的故事。谁都能讲述事实，真人真事不是你一个人的专利！"

"洗稿者"的说辞，一时令王楠哑口无言。

2018 年，著作权法对于"时事新闻"并不予以保护。在传统的认知里，"时事新闻"的范围很广，小至寥寥两三百字的简讯，大到数千字的特稿。从某种意义上讲，王楠的公众号特稿不受著作权法保护。哪怕她采写这篇特稿下了极大的功夫、付出了无数心血，通篇在冷静叙述事实的同时充满"独创性的表达"——而这正是受著作权法保护的作品的本质。可惜，那时王楠的成果被界定为"时事新闻"，并不被视为受著作权法保护的"作品"。

同一时期，同样不被视为"作品"的还有各种小视频，因为它们只是"零散的小片段"，既非电影，又非电视剧，也不是有着"完整剧情"的"类电作品"。

它们在没有被最新修订的著作权法定义为"视听作品"之前，没有得到法律保护，同样是侵权者刀下待宰割的羔羊。

陈清源（化名）是某高校影视编导专业的学生，在他的倡导下，几个同学自己凑钱买了专业拍摄设备，利用课余时间拍摄小视频。虽说每个小视频几乎都在五分钟以内，但事先都撰写了拍摄脚本并且进行周密策划，六个同学进行分工，有的拍摄，有的导演，有的表演。

值得一提的是，陈清源的团队主要创作"反转"类作品，年轻人的活泼让短短几分钟的短视频充满创意，时而让人爆笑，时而又让人惊掉下巴。短视频在微信、抖音等平台上线，点赞者众多，转发量无数。可还没来得及"固粉"，许多视频平台都出现了陈清源团队拍摄制作的小视频，但这些平台并没有跟作者联系过，更没有获得作者的许可。

看见作品被无偿地在各个平台播放，这群年轻人难免有些心里不舒服，但他们很快就想通了；毕竟自己还没有成名，也还不是真正意义上的"网红"，有这么多平台帮着宣传也算得一件好事。但不久之后，陈清源他们又发现了一个新问题：他们精心制作的小视频被网友们随意剪辑并配上五花八门的文字，用来吸引眼球；更有甚者，把他们的数个作品制作成"串烧"，再配上背景音乐，以此来赚取更多的点击量。渐渐地，各式盗用遍地开花。

2019年的一个清晨，陈清源起床，习惯性地点开视频号，看昨天刚上线的新作品的点击量和评论，颓然发现点击量在当天晚上11点猛冲到5万以后，就停留在这个水平，像蜗牛一般缓缓爬升。再看看评论，也没增加几条，可是最新一条评论很惹眼，这条评论是早上6点发出的："几个平台不同视频号做的内容居然大同小异，拜托有点儿创意吧！"看见这条评论陈清源很难受，他打开手机里下载的另外三个平台，果然发现两个视频号剽窃了新作品的全部内容，还配上了几句搞笑的文字。其中一个视频号点击量上了10万。

"我们一气之下跑去找律师，待上气不接下气地说完事情经过，他对我们摇摇头。"陈清源说，"似乎我们的作品就是小孩过家家，谁会正儿八经地对待？"

六、"合理使用"怎么判断

2019 年，自媒体"呦呦鹿鸣"因文章《甘柴劣火》中使用财新网站中原创内容，而与网站记者"互怼"，"洗稿"一词再次被推向风口浪尖。

鹿鸣君认为，文章虽然使用新闻源很多，但都是对时事新闻的合法使用，而且在财新君抗议后，再次发文对新闻源做了标注。而财新君强调，财新记者采写的每一篇文章都包含了记者的辛勤劳动和独创观点，而且通过各种形式声明需要付费才能阅读和使用，鹿鸣君属于明知故犯，巧取豪夺。一时间，双方各执一词，很多专家也参与了讨论，一些技术平台还使用区块链、学术不端检测系统和有关算法进行比对分析，结果也不甚明了。

近些年，随着媒体融合的发展，新媒体对传统媒体原创内容的转载、整合、利用已经成为一种常态，"洗稿"一词一度成为传媒界的热词。

实际上，对他人稿件的整合、利用，传统媒体早已有之，只是由于以前互联网、新媒体技术不那么发达，这种行为没有迅速成为社会热点。这种整合、利用，有多种形式和手段，社会影响不尽相同。不过，这种对某个新闻热点、新闻事件、新闻人物的整合报道有时的确更加全面甚至深刻，分析更加独到，被整合利用的媒体人也可能认可。但是，也有相当数量的整合、利用属于业内所称的"洗稿"，为业界所不齿。

对他人稿件的利用、整合，到底是"洗稿"，还是合理使用？"洗稿"侵犯著作权吗？还是仅仅属于新闻伦理道德层面的问题？

这需要把握著作权法的基本原则和起码的法律常识，同时需要原创内容的媒体及其作者根据具体文章内容进行比对分析，最关键的还要看原创媒体和作者的态度以及这种行为是否违反新闻伦理道德，即是否损害社会公共利益等。

一般情况下，媒体如果为了介绍、评论、说明某一问题或观点，可以适当援引已经发表的作品。著作权法规定的合理使用有 13 种，但所有构成合理使用的适用条件都应当指明作者姓名、作品名称，同时不得影响该作品的正常使用，不得损害著作权人的合法权利；而且，按照几个国际版权公约规定的"三步检验法"，所引用的内容还不能构成作品的实质或核心部分。在这种情况下，有一个简单而实用的检验方法，那就是把引用他人的内容删掉，看你的文章是否还完整，主题是否还存在。如果答案是肯定的，这种整合、利用行为可能就符合著作权法的规定，否则，就容易构成侵犯他人著作权的情况。

……

我们似乎还记得，当我们把碗里的青菜小心翼翼地挑出来时，总会听到妈妈如河东狮吼一样的声音冲我们喊道："老师没教过你不能挑食吗？不吃青菜会生病的。"然后，根本无视我们一副哀求的神情，将整碗的青菜放到我们面前，如将军命令士兵一般说道："今天你不把这些青菜吃了，就不许睡觉。"

可是不知从何时开始，画风逐渐成了这样。

当我们不在的时候，父母饭桌上的菜不会超过两样。可我们一回去，他们便瞬间化身为神厨，巴不得将菜市场里所有的菜都弄回家里，又是做鱼，又是做鸡，满满地摆了一桌子，生怕有我们不喜欢的。

"你不喜欢吃西蓝花，总说它是生的，这个妈吃，你吃这个……"一边说，一边将她面前的糖醋排骨和你面前的西蓝花调了过来。可还没动筷，我们便说："妈！我在减肥，不吃肉的。"第二天，饭桌上便又一片绿色。

我们或许没有发现，曾几何时，我们的父母变得很听我们的话了，就如同我们儿时听他们的话一般。

……

2016年，一篇名为《别让父母在你面前变得小心翼翼》的文章火遍全网，这是作家韩路荣的公众号作品。因为切中当下许多人心底最柔软的部分，文章短时间内点击量就过了10万，并先后授权新华网、人民网等众多官媒转载。

当公众号作品一度成为爆款之后，众多烦恼也随之而来。先是许多公众号未与作者联系便私自转载作品，有的甚至没有标注作者姓名。访谈中，作者感慨，面对这样的情况，她在评论里曾特意留言，一些转载公众号会及时回复，说"无法联系到作者"，然后纠正问题。但真正的麻烦在于"洗稿"。短短几个月后，作者就发现网上出现了标题近似、内容相仿的文章。

笔者也上网搜索这篇"爆文"，发现排在搜索前列的却是其他人后来撰写的

《别让父母在你的面前，变得小心翼翼》。

值得一提的是，韩路荣不仅是个作家，更是一家有规模的网络阅读平台的经营者，平时多与形形色色的著作权现象打交道，对许多关键性问题认识得很深刻。

即使是专业的业内人，面对各种有技巧的"洗稿"与"模仿"，也没有更好的对策。

新媒体、自媒体在对他人的成果整合、利用时，如何遵守伦理道德，把握法律底线？这就需要提高其自身版权法律意识，对法律法规有敬畏心理，要依法使用他人版权作品，尊重他人的智力劳动。同时，需要新媒体行业自律组织加强对新媒体以及从业人员新闻职业道德和版权法治教育，加强其自我约束、行业管理，针对新闻界备受诟病的"洗稿""攒稿"等问题，及时出台行业自律规范和司法解释，加大行政处罚和司法审判力度，建立健康的网络传播秩序。

七、我为什么选择私了

"如果发现有人抄袭你的作品，你会与他对簿公堂吗？"

2021年初，某问卷调查机构就上述问题随机访问过十余位写作者——他们的职业包括专业作家、记者、教师和公务员等。笔者以为，在大力倡导"依法治国"的当今社会，当自己的权利遭遇侵害，人们首选的是拿起法律武器维权。可大部分受访者的回答是："看情况吧，如果是很重要的长篇作品，或许我会。""打官司很麻烦，费力不讨好，结局难料。我会找到那个人，但是很大可能选择私了，让他道歉、赔钱了事。"

2018年，某报特刊记者孟施霖（化名）接到任务，去某重大活动现场采访。在那儿，他意外地从同行手中看到一本2016年的文学杂志，上面刊载了关于这项活动发展历程的中篇报告文学。孟施霖准备当晚就抽时间好好研读这篇近四万字的作品，因为这可能对他接下来的人物专访有所启发。

宾馆房间的小夜灯发出淡黄色的柔和光线，孟施霖冲上一杯绿茶，惬意地斜靠在沙发上，翻开杂志逐字逐句仔细阅读。读着读着，他竟发现有的字句甚至整段内容都特别熟悉，像在哪里见过。于是，他点开手机里的"收藏"，在事先用作资料储备的20多篇文章里找出一篇近两万字的纪实连载——这是报社资深记者欧家新（化名）采写的特稿，刊载时间为 2012 年。果然，那些令孟施霖眼熟的文字，整段整段都在老欧精心创作的特稿里！

孟施霖瞬间惊醒。

他拿起杂志上的报告文学与老欧的旧作——比对，发现这篇发表于 2016 年的中篇报告文学，有将近四分之一的内容、涉及两个章节与老欧的特稿几乎一字不差。孟施霖非常清楚，以特稿形式表现这项事关民生的重大活动，老欧是媒体第一人，并且，老欧这篇连载特稿一直被算作"报告文学"，入选过报告文学门类的年度选集，并不能作为一般"时事新闻"看待。

27 岁的孟施霖刚刚研究生毕业，年轻人总是血气方刚，很容易不平则鸣。看看时间，已经是深夜快 11 点了，一般人早已经歇下了，可孟施霖知道，年逾半百的老欧此时应该还稳坐在电脑前快速敲击键盘——常年码字的人，深夜是他们最活跃的时段。但是老欧也跟孟施霖说过，上了年纪的人，晚上要是听到什么不好的事情便会失眠，一个晚上辗转反侧。

要不要立刻告诉老欧？孟施霖犹豫再三，坐下去又站起来，他想抑制心头的冲动等到第二天再说，但又完全做不到，就像喉咙里噎了一块异物，不吐不快。待到 11 点 15 分，孟施霖终于给老欧拨了电话。那边一声"喂"，孟施霖便语带情绪，快速将整件事情的来龙去脉全部说了出来。末了，他问："欧老师，您打算怎样处理这件事？"

电话那头，老欧沉默片刻，缓缓地说："这本杂志的主编我比较熟悉，你把资料发给我。"

一段时间后，从另一个采访现场匆匆归来的孟施霖在报社碰到了老欧，赶紧问他事情处理得怎样，是否运用了法律手段解决。

"你呀，太年轻了！"老欧苦笑着点拨孟施霖，"这种事情，压根儿不能闹大。只要找到杂志领导，把这些'抄袭'证据发给他，杂志为了保住名声，会迅速联系作者找到事主道歉。而作者为了压住事情，避免公开，会在诚恳道歉的基础上，拿出最大的诚意赔偿。当然，这件事最终也就不显山不露水地过去了。"

"为什么要这样？那篇特稿可是您在业内的代表作啊！他的抄袭极大地损害了您的利益！"孟施霖嚷道。

"抄袭者也是'体制中人'，文学刊物与媒体有着千丝万缕的联系，山不转水转，保不齐什么时候要打交道。再说，咱们做新闻的就没参考过别人写的东西吗？"老欧一脸云淡风轻，一副过来人的语气。

孟施霖无语。那一瞬间，他感觉自己就是个无聊的拨弄是非的人。

"其实，我们都有可能碰到这样的事情，只是我们没有勇气或者胆识去坚持维权。"小说作者阿杰（化名）的声音变得低沉，看上去有些无奈。

2017 年，某位名家的中篇小说在文坛引起轰动，各大选刊纷纷转载。阿杰一直很喜欢这位名家的作品，好不容易才辗转买到当期杂志——近些年，街边的报刊摊点越来越少，能销售文学杂志的更是踪影难觅。

待摊开杂志找到那篇作品，细细一读，阿杰惊讶地发现，这篇小说无论内容、结构还是人物设置，都与自己在 2015 年发表过的一个中篇小说非常相似。只是，阿杰发表的刊物是不大知名的市级文学杂志，作品也没有激起多少水花。

等到阿杰用了足足两个小时、逐字逐句读完那位名家的"大作"，他已经完全可以断定，名家用近乎"洗稿"的方式抄袭了他的旧作，相似度在 80% 左右。这个惊人的发现让阿杰很是惶恐——是的，在当时陡然生发的各种情绪里，惶恐的成分远远大于愤怒。

阿杰选择了第一时间给发表自己作品的市级刊物责编打电话。那位干了半辈子编辑工作的老同志听完他的讲述，问他："你打算怎么办？"

"我不知道，所以才赶紧向您汇报这件事。"阿杰说。

"你真愿意听我的建议？"老编辑问。

阿杰连声"嗯嗯"。

老编辑告诉阿杰，遇上这样的事情，一般人会选择与抄袭者较真儿，甚至对簿公堂；也有人会觉得抄袭者是当红名家，公开对撕可以"蹭热度"，所以故意把事情闹得人尽皆知。但从理性的角度来看，这两种做法都不可取。因为，打官司的过程本身很繁复，能否打赢官司很难说。文人的圈子就那么大，关系错综复杂，别看你在理，但最终可能一味讲理的你反而成了"文坛公敌"，因为大家觉得你"不懂事"。

"最好的办法，是你私下找到那个名声颇大的抄袭者，告诉他，你发现了这件事，但是要摆出高姿态，主动提出可以私了。"老编辑说。

阿杰告诉笔者，他思索再三，最终选择了私了。其后，这位涉事名家不但赔偿了他的损失，还介绍了两家刊物资源给他。

八、"避风港"原则能一劳永逸吗

2018年，某省会城市图书馆将"电子化"作为年度重要工作提上议事日程。就在几天前，肖琴（化名）与几个同事在食堂吃饭时还不经意地讨论过"电子化"问题，大家很好奇，图书馆如何能在经费有限的情况下做这么一件听上去颇为时髦的大事。

谜底很快揭晓，年度工作任务部署会上，身为图书馆技术骨干的肖琴领到了这项任务。

肖琴在图书馆工作已经7年了，她是学计算机专业的，构建和维护图书馆网站是她的主要工作。随着图书馆多元网站被一点点儿打造出来，肖琴在单位的重要性也渐渐凸显。年度工作部署会本是科室领导一级的干部参加，肖琴作为一名普通技术人员，是被图书馆领导特意通知到会的。

肖琴领到的任务是做一个电子图书馆，但实际做法远没有名称那般"高大上"——按照领导的指示要求，她可以通过直接扫描馆藏图书或者利用馆藏图书中现有的电子书，构建起一个资料信息库。接下来，凡是在图书馆办理了贵宾卡的读者，都能通过登录图书馆网站后验证密码进入电子图书馆阅读。

图书扫描的过程很是枯燥，看着扫描仪红色的指示灯闪动，肖琴脑子里不时生出许多想法，其中，一个无意间冒出的想法让她不自觉打了一个激灵：如果一本图书扫描后放到网上的资源库里，那么以后出版社和书店都不必发行和销售这本图书了，因为上网缴纳一点儿费用就可以看到，并且不止能看这一本书。这个突然生出的想法让她对手头正在进行的工作产生了一丝怀疑，这个依靠扫描纸质图书或利用现有电子书而建立起来的电子图书馆是否合法呢？

当然，这样的想法只是一个闪念，一忙起来，她就淡忘了这个疑问。

一个月后，一位知名律师在图书馆开自己的新书首发式，活动结束后捐赠给馆里五部新书。那天肖琴恰好在现场，她兴奋地说："这下我们的电子图书馆又多了一部好书。"

闻言，刚刚结束签售、正在一旁喝咖啡的律师问道："你们还有电子图书馆？"

"是呀。"肖琴点头，接着把详细情形告诉了这位律师。

"你们这样干可是违法的。"律师说。

于是，在这位处理过众多知识产权案件的知名律师嘴里，肖琴第一次听说了"谷歌侵权门"事件——

谷歌侵权门是指发生在2004年的谷歌公司（Google）未经授权非法扫描、上传中国众多作者和出版机构图书的侵权事件。2009年9月，经文著协初步统计，有570位中国作家的17922种作品被上传至谷歌数字图书馆。

谷歌公司自2004年起开始寻求与图书馆和出版商合作，大量扫描图书，欲打造世界上最大的数字图书馆，使用户可以利用"谷歌图书搜索"功能在线浏览图书或获取图书相关信息。

2004至2009年，谷歌已经将全球尚存有著作权的近千万种图书收入其数字图书馆，而没有通报著作权所有者本人。谷歌此举，激起了欧洲各国的反应，2005年4月27日，由法国国家图书馆牵头的欧洲19所国家图书馆负责人，在巴黎发表联合共建"欧洲数字图书馆"的声明，以对抗谷歌的"文化入侵"。

针对谷歌此举，亚马逊、微软和雅虎公司及其他一些机构和企业成立"开放图书联盟"，以抵制谷歌协议。原因是，三大公司的商业利益可能受到谷歌数字图书馆影响。

2008年10月，谷歌公布其与美国作家协会和美国出版商协会达成的和解协议。根据该协议，谷歌将其通过合法途径获得的图书进行数字化制作，建立数字图书馆，进行多功能开发利用，包括团体订阅、个人用户购买、公众免费查阅以及对有关数据进行技术研究和开发等使用方式。根据美国民事诉讼法规定，该协议一旦生效，也会对中国的著作权人产生法律效力。

2009年10月13日，央视《朝闻天下》栏目报道称，谷歌数字图书馆涉嫌大范围侵权中文图书，从中国文字著作权协会获悉，570位权利人17922部作品未经授权已被谷歌扫描上网。谷歌公司将面临中国权利人的侵权指控。

国家版权局新闻发言人随后表示，支持中国文字著作权协会依据法律和事实进行维权。

其后，谷歌提出和解方案，并公布在中国作家网上。在这份方案中，谷歌把条款分为"同意和解"和"不同意和解"两类。同意者，每人每本书可以获得"至少 60 美元"作为赔偿，以后还能获得图书在线阅读收入的 63%，但前提是需本人提出申请。2010 年 6 月 5 日之后还未申请，则被视为自动放弃权利。如果作家选择"不同意和解"，则可提出诉讼，但不得晚于 2010 年 1 月 5 日。

说到肖琴所听闻的这起事件，事实上，笔者作为中国作家和出版机构向谷歌数字图书馆维权的亲历者、参与者、中方主要谈判代表，与谷歌代表正面交锋多次，有很多细节值得回忆与思考。

2009 年 9 月 4 日，文著协举办新闻发布会，向 32 家主流媒体通报了文著协初步统计的中国 570 位权利人、17922 部作品被谷歌数字图书馆擅自扫描收录的数据，并明确提出谷歌公布的和解协议对中国作者无效，中国作家和出版机构向谷歌维权，"谷歌版权门"事件开始受到海内外媒体的广泛关注。

2009 年 10 月 19 日，在舆论的强大攻势之下，谷歌中国公司的中国法律顾问致信文著协：谷歌总部希望与文著协建立联系，可以积极推动文著协负责人前往美国谈判，也可以邀请文著协代表到谷歌中国公司与谷歌总部进行视频会议，或者派员前来谈判。仅仅几天之后，谷歌就迫不及待地发来传真："为以示郑重，我们将派谷歌图书搜索战略合作部亚太区首席代表艾瑞克·哈特曼来华，正式与你们进行磋商。"显然，谷歌总部很重视此事。

2009 年 10 月 29 日，谷歌代表抵达北京后，11 月 2 日和 11 月 20 日，双方在文著协所在的京广中心商务楼举行两轮谈判。应谷歌代表要求，12 月 22 日，第三轮谈判到位于北京中关村的谷歌大厦举行。

在文著协与谷歌举行第一轮谈判之后，11 月 18 日，中国作协在中国作家网向谷歌公司发出维权通告，令谷歌方面心惊胆战。作协要求谷歌公司在一个月内（即 2009 年 12 月 17 日前）向他们提供已经扫描收录使用的中国作家作品清单。未经合法授权不得再以任何形式扫描收录使用中国作家作品。对此前未经授权扫描收录使用的中国作家作品，谷歌公司须在 2009 年 12 月 31 日前向中国作家协会提交处理方案并尽快办理赔偿事宜。同时，文著协通过中国作家网分批公布谷歌数字图书馆侵权收录中国作家名单。全国各地作协和著名作家纷纷响应、声援，支持文著协向谷歌维权。海内外媒体高度关注"谷歌版权门"事件，美国《纽约时报》《基督教科学箴言报》、英国《金融时报》、法新社、路透社多次来到文著协进行采访报道。笔者在乘飞机出差途中，飞机上免费提供的《参考消息》《环球时报》《中国航空报》等媒体对此事多有报道。

在沉默了几天之后，艾瑞克突然来电："鉴于世界各国权利人的呼声，经过谷歌总部研究，我们决定从北京时间 13 日零时起，通过官网正式向全球发布修订后的和解协议，将其适用范围从全世界缩小至美英加澳四国。"明眼人都能看出，所谓的全世界各国权利人的呼声，更多的是来自中国的声音，将发布时间按照北京时间计算，也体现了他们对中方的尊重。

2009 年 11 月和 12 月，文著协谈判团队与谷歌公司谈判代表艾瑞克·哈特曼 (Erik Hartmann) 在北京进行了三轮谈判，多次接触。在国家版权局、国务院新闻办、中国作协等单位的支持下，文著协通过谈判，在海内外媒体、广大中国作家和出版机构的呼吁下，谷歌公司缩小了"和解协议"的适用范围，主要针对美国、英国、澳大利亚、加拿大四国，将中国排除在外；向文著协提交了收录使用中国大陆 21 万种图书的清单（另外收录港澳台图书 8 万种）；通过文著协向中国作家发布道歉书。

艾瑞克·哈特曼 18 岁时只身一人来到北京学汉语，2009 年他大概 34 岁，这是个典型的"中国通"。他谈判时全都是用汉语，语言沟通无障碍。

第三轮谈判结束后当晚，笔者邀请谷歌代表到地坛公园东北角的一家东北餐馆吃饭。当我们喝第一壶东北小烧的时候，艾瑞克还在称呼"张总"；当喝第二壶的时候，已经改口叫"张哥"；当喝第三壶的时候，已经按照东北人的习惯，叫起了"哥"。在花被面装饰的东北餐馆，品尝着地道的东北菜，喝着温热的东北小烧，热闹的餐馆气氛悄悄融化了这位"中国通"。他流利的中文和称谓的变化，让旁边用餐的两位东北女孩很是惊奇，她们主动跟艾瑞克打招呼，向他敬酒。

2009 年 12 月，西方圣诞节过后，艾瑞克几乎每隔两三天就到文著协讨论后续的合作。谷歌总部同意先公开发布致中国作家道歉信，1 月上旬举行第四轮谈判，会谈只用半个小时，然后联合举行新闻发布会（要知道，前两轮谈判后都是文著协组织新闻发布会，第三轮被媒体称为"密谈"，会谈后，仅仅向媒体发了新闻通稿），宣布达成重大和解和合作时间表，公布和解协议框架。

2010 年 1 月，新年刚过，双方的沟通继续紧锣密鼓进行。谷歌方面要对中国作协和文著协的要求，做出公开回应，同时还要适当释放和解的信息与合作时间表。

艾瑞克在文著协讨论给中国作家致歉信时，笔者向他解释了中国作家的诉求和汉语语言表述习惯，几乎否决了谷歌提出的道歉信文本。我们并排坐在小会议室沙发上，笔者口授致歉信内容，他把笔记本电脑放在膝盖上录入。当他录完之后，认真通读了一遍，长长地舒了一口气，屁股往旁边挪了挪，与我的距离拉远了一些，用一种特殊的眼神看着我。他一改之前的矜持风格，非常肯定地表示，这版文字内容，总部应该会很快同意。他看了笔者一会儿，语调缓缓地问道："张总，您以前当过外交官吗？"

笔者没有当过外交官。1992年大学毕业后，在黑龙江做了四年中俄边境贸易，去过俄罗斯几十次，接触过很多俄罗斯商人、官员和老百姓。笔者曾兴趣盎然地看完外交学院原院长、中国前驻法国大使吴建民的作品集（全六册）（《在法国的外交生涯》《交流学讲章》《外交案例》《与世界分享中国的成长》《外交见证中国》《世界大变化》）。这六本书对笔者当时制定与谷歌的谈判方案和进行谈判有很大的指导作用，吴建民大使的外交实务与理论在这次与谷歌谈判上可以算得上是活学活用了。

实际上，2010年1月5日，笔者和艾瑞克在文著协会议室就确认了谷歌给中国作家的道歉信。1月7日，他给中国作协作家权益保护办公室通过邮件发送了道歉文本。1月9日上午，艾瑞克来到文著协办公室提交了他签字的致中国作家道歉信，商定下午在中国国际展览中心北京图书订货会上举行"文著协与谷歌谈判进展发布会"。发布会上，笔者将向公众发布与谷歌谈判的最新进展，透露一些和解信息，然后艾瑞克作为神秘嘉宾突然出现在发布会现场，宣布双方合作方案和时间表。他透露，总部明确同意了双方的合作计划和时间表，3月份签署协议，9月、12月完成当年的"补偿"版权费支付。随后，他就匆匆离开文著协，赶到中国作协提交了正式签字的道歉信。

当天，中国作协就在中国作家网公布了谷歌致中国作家的道歉信。当晚，央视"新闻联播"节目对此作了报道，中国作协领导出镜接受了采访。

谷歌在道歉信中表示，谷歌公司非常重视中国作协2009年11月18日发出的维权通告，承认谷歌在建设数字图书馆过程中，通过美国的图书馆扫描收录的在版权保护期内和公共领域的图书，有部分是中国作家的作品。谷歌称"经过最近几个月的谈判和沟通，我们的确认为我们与中国作家的沟通做得不够好。谷歌愿意为此行为向中国作家表示道歉"。

谷歌称，中国图书是谷歌图书搜索服务中不可或缺的组成部分，希望通过与中国文字著作权协会的谈判，圆满解决与中国作家的纠纷，并承诺"只会在合法授权的情况下显示中国作家图书中内文的任何整页面，并且承诺遵守任何中国作家未经授权不得扫描收录的要求，无论该扫描收录行为是在中国、美国或者其他国家"。

谷歌的目标是在 2010 年 3 月底前把处理方案及相关协议的框架确定下来，争取在第二季度把各方的法律、实施和操作细节商定并正式签署协议。他们已提交了扫描收录中国图书的初步清单 8 万多种（后经确认应为 21 万种），应中国文字著作权协会的要求，正在加紧整理最完整的清单。"这是谷歌没有先例的特殊措施"，"希望中国作家能从谷歌的这个行为当中看到谷歌解决中国问题的诚意"。

根据谷歌总部的指示，谷歌图书搜索战略合作部亚太区首席代表艾瑞克·哈特曼将工作地点从新加坡转到中国，直到与中国方面的纠纷解决为止。

双方约定在 2010 年 1 月 12 日下午，举行第四轮会谈。

1 月 12 日早晨，央视新闻频道滚动播出下午文著协将与谷歌举行第四轮谈判，发布重大消息的预告新闻。8 点多钟，笔者刚到办公室门口，央视直播组的几名记者已经扛着摄像机在恭候，给笔者录制了一条新闻发回台里。坐地铁上班时，车厢里没有往日早高峰的拥挤和嘈杂，出奇的安静。在办公室，同事们都在按部就班地忙着自己的事情，没有因为下午与谷歌谈判和央视将直播新闻发布会而有任何改变。9 点多钟，艾瑞克打来电话称，刚刚与总部开完视频会议，总部要求推迟下午的会谈，具体原因他也不清楚，何时恢复会谈也不知道。笔者平静地接听他的电话，请他把这个信息给文著协邮箱发过来。中午他发来邮件，正式通知无限期推迟第四轮会谈，感谢文著协在两个多月会谈沟通过程中的理解和协调，肯定了文著协所做的工作，同时希望这封信的内容不要直接公布出去。

同日，媒体报道,谷歌高级副总裁大卫·德拉蒙德发表博文《对中国的新策略》，代表谷歌称正在评估自己在中国商业运营的可行性，考虑关闭 Google.cn 并完全退出中国市场。谷歌创始人之一布林称，谷歌在中国运营很困难。

1 月 13 日，全国新闻出版（版权）工作会议召开，新闻出版总署领导非常关心文著协向谷歌的维权情况，多次询问谈判进展。笔者与艾瑞克·哈特曼多次短信交流无限期推迟会谈的原因。他表示，他也不知道总部为什么做出这个决定，他没有放笔者"鸽子"。

2009年至2010年，在国家版权局的支持和指导下，文著协主动联系并组织中国作协、著名作家和出版机构，开展与谷歌的维权行动，组织专业谈判队伍，与谷歌进行多轮谈判，迫使谷歌缩小了和解协议的适用范围，将中国排除在外，提交了非法扫描收录中国的21万种图书清单，并向中国作家公开发布道歉信，这是谷歌数字图书馆自2004年对全球图书进行大规模数字化以来首次向著作权人发布道歉声明。

也就在2010年全国新闻出版（版权）工作会议上，国家版权局印发的2010年全国版权工作报告对文著协的这一工作给予充分肯定："中国文字著作权协会在谷歌'版权门'事件中主动联系广大著作权人，积极开展维权行动，取得了良好的成效，受到国内外普遍关注"。文著协代表中国作家和出版机构向谷歌维权，入选2009年"中国版权十大事件"。

话说肖琴在详细了解了"谷歌侵权门"的始末之后，认定自己正在做的是与"谷歌侵权门"类似的带着极大风险的事。于是，她主动找到负责图书馆网站的领导张怀仁（化名），对"电子图书馆"可能存在的侵权风险进行了汇报。

张怀仁两年前才从某知名出版社调来，因为常年与图书出版工作打交道，肖琴的汇报马上引起了他的警觉——这的确是一个很大的疏忽，如果因此惹上官司是很麻烦的，那么多图书对应了那么多的著作权人！

但是，"电子图书馆"是两年前就列入计划的重大事项，馆长甚至给前来视察工作的市领导也进行过专题汇报，若因此打退堂鼓，也不好向上面交代。

接下来的两天，张怀仁大部分时间待在办公室里，他一边思索，一边一支接一支地抽烟，一个个烟圈在他狭小的办公室里盘旋。张怀仁的脑子随着盘旋的烟圈飞快地转动，寻找着他的认知范围内能够解决问题的方案。

突然，"避风港"三个字电光石火般地蹦跶出来。

对了，我们为什么不援引"避风港"原则，用奖励的方式鼓动读者们主动上传图书资料？

避风港，顾名思义，是一种深入内陆的狭口海湾，港内水域受海上飓风和潮汐的影响较小，使船只能在暴风雨时躲避大风浪的危险。

在知识产权界，有一种法律规范被人们称之为"避风港"原则。"避风港"原则来源于美国1998年制定的《数字千年版权法案》，其基本内涵是指，在ISP（网络服务提供商）只提供链接、索引、存储等服务，并不制作网页内容的情形下，其服务对象发生著作权侵权行为，权利人有权通知ISP该行为构成侵权并要求删除侵权作品；如果ISP能够证明自己并无恶意，并且及时删除侵权链接或者内容，则免于承担赔偿责任。

这就是知识产权界的"避风港"原则，又称为"通知＋删除"规则。

我国法律对"避风港"原则的运用最早是在2006年施行的《信息网络传播权保护条例》中，该条例对"避风港"原则的运用不仅包含"通知＋删除"规则，还包含"说明＋恢复"规则，即权利人通知ISP删除被控侵权作品后，被控侵权人收到通知，认为其作品不构成侵权的，可以向ISP提交说明并要求恢复被删除作品。被控侵权作品恢复后，权利人不得再次通知删除，只能寻求行政或司法保护。

2021年以后，"避风港"原则的运用已经不再局限于网络著作权领域，尤其在《电子商务法》及《民法典》实施以来，"避风港"原则的运用已经扩展到整个网络服务平台所涉侵权领域。比如，在电商平台销售的商品或服务涉嫌侵害知识产权行为时，权利人有权通知电商平台经营者并要求下架；电商平台经营者初审后采取下架措施，并向平台内经营者转送通知；平台内经营者收到通知后，认为其销售的商品或服务未侵害他人知识产权的，可以向电商平台经营者提交不存在侵权行为的声明；电商平台经营者向权利人转送声明后最长20日内未收到权利人开始行政或司法维权的通知，应停止下架措施。

可见，"避风港"原则是对知识产权权利人、网络服务提供商、网络服务对象三方权利义务的综合平衡。"避风港"原则首先明确了网络服务提供商的责任界限，不使其承担过高的注意义务；网络服务提供商明知或应当知道网友上传的版权作品属于侵权的，接到权利人通知后，应当删除，并依法承担相应法律责任；其次，也为权利人提供了快速获得救济的渠道，有效防止了侵权行为的继续和侵权损害后果的扩大；最后，还为被控侵权人提供申诉抗辩的渠道，防止权利人滥用规则。

张怀仁咨询一位在音频平台担任高管的朋友，他告诉张怀仁，像他们这样的平台，最常遭遇的就是作者投诉自己的作品未经授权便在平台播放，他们通常的应对方式就是提醒作者：

"咱们平台首页就有提示呀，粉丝上传内容概不负责，如涉侵权请联系我们删除。"收到如此提醒，愤愤不平的作者马上翻到首页，确实看见每个播放作品开头都有醒目提示，便没有继续跟平台纠缠。

"他们被人占了便宜只有自认倒霉，我们能做的就是迅速删除被侵权的作品。"朋友扬扬自得地总结道。

据说，久而久之，上传未授权音频作品的人也学聪明了。有一个粉丝录了自己朗诵的长篇小说（节选）上传，特意加了说明："我和我的朋友都很喜欢这部小说，因联系不到作者，无法得到他的授权，只好先做了录音作品，请作者一定见谅哟！"

很快，张怀仁便召集肖琴等人开会，商议将"电子图书馆"的筹建方式由馆里自行扫描图书上传改为"有奖征集"——鼓励读者自行向图书馆网站上传好书，为此，图书馆也准备在近期推出线下"读者荐书"等活动。

"可是，读者上传图书也同样有侵权风险呀！"肖琴很担心。

"但起码我们图书馆不会担责任呀！"张怀仁答道。

张怀仁哪里想到，自己一心想要利用"避风港"原则规避侵权纠纷的想法其实是片面的，因为他只知其一不知其二。2011年，百度文库就因此招惹了一场大麻烦。

谷歌侵权风波刚刚过去不久，一家网络文学平台便向百度发出战书，要求百度文库停止对其公司旗下作家的网络文学作品的侵权行为。就在当年的"3·15"这天，贾平凹、刘心武、阎连科、麦家、韩寒、沈浩波等50位著名作家和出版人联名声讨百度网站。3月16日，作家们在《北京日报》上共同发布题为《"3·15"中国作家讨百度书》的文章。在这篇长达3000多字的声讨书中，作家们义愤填膺地表示："中国有个百度网，百度网有个百度文库，百度文库收录了我们几乎全部的作品，并对用户免费开放，任何人都可以下载阅读，却没有取得我们任何人的授权。"

遭到作家们声讨的百度文库，是百度网站的一个下属业务。百度方面称其为"在线互动式文档分享平台"，通过该平台，网民可分享自己手中的文档，还能免费阅读其他用户的文档。

对于百度所声称的"分享"，作家们在声讨书中言辞犀利地指出："我们蔑视这种所谓的'免费分享'，因为它只是个卑鄙的借口，它伤害的是我们每个人、每个作者和每个读者。"

在作家们看来，百度的做法纯属"慷他人之慨"，而其目的则是为了实现赚取更多利润的"一己私欲"。

而对于把那些文学作品上传到百度文库中的网民，作家们声言"不责怪那些自发上传的朋友"，但他们同时提醒这些网民，"你们是否意识到，你的行为已损及了我们的权益；你是否意识到，你的所作所为只会让百度公司加倍地侵害我们的权益……"

针对版权机构向百度文库发起的系列维权事件，有关部门负责人在接受记者采访时表示，百度文库的一些做法并不适用于网络"避风港"原则。

"从百度文库页面上来看，其对搜索和链接结果进行了编辑、修改和选择，

2011 年 1 月 21 日，时任中国文字著作权协会常务副总干事张洪波（左）就网络版权保护问题接受人民网视频专访

根据相关法律规定，网站一旦采取了这些行为，就不能适用'避风港'原则。"对于作家们的维权行为，这位负责人认为，"这说明公众的维权意识在增强，每个权利人以及公众都应该有这样的意识，才能更好地杜绝侵权行为的发生，对整个数字出版产业会有积极的作用。"

其间，中国文字著作权协会被推举为维权组织方，组织有关出版社和文化公司组成谈判团队，制定谈判策略，与百度公司进行多轮谈判，并代表会员就百度文库侵权问题向国家版权局投诉，希望对其进行著作权行政处罚。

2011年4月21日，在国务院新闻办举行的"2010年中国知识产权发展状况"的新闻发布会上，原新闻出版总署有关领导就百度文库侵权事件表示，国家版权局正在对其进行调查，已经约谈百度高层，责令百度公司提交版权整改报告。2011年9月，国家版权局对百度进行著作权行政处罚，按照当时的《著作权法实施条例》《信息网络传播权保护条例》以及《著作权行政处罚办法》的规定，对百度公司顶格罚款10万元。同时，按照国家版权局的要求，中国文字著作权协会指导百度公司调整百度文库的版权模式。在舆论压力下，百度承诺，3天内彻底删除百度文库内未获授权的作品，对伤害作家感情表示歉意，并随即推出版权合作平台。

然而，即使知道百度文库侵权事件，张怀仁也不会太当回事，毕竟一个二三线城市里的图书馆，哪有那么大的公众影响力。

令所有人没有想到的是，虽然"读者荐好书"活动的启动仪式搞得轰轰烈烈，但到了读者上传图书的关键阶段，却没有几个人响应。张怀仁很诧异，特意咨询了几个熟悉的老读者，大家的答复大同小异："没有经过作者和出版社同意，咱们擅自上传图书内容到网上，害怕惹官司呀。""法治社会，现在都要按著作权法的相关规定来办呢！"

张怀仁很郁闷："现在可是信息时代，知识要做到自由共享乃至无偿分享才能推动社会进步呀！要是著作权保护成了一道'铁门槛'，反倒让一切止步不前了。"

张怀仁的郁闷与苦恼其实也有一定道理。一些对著作权法的某些法条持反对意见的人认为，著作权保护有可能成为技术普及、信息流传的阻碍。他们甚至能够举出一个鲜活的例子：当年日光灯发明之后，商家为了销售白炽灯，大大延缓了日光灯推向市场的时间，类似的还有缝纫机等，雪藏最新技术而销售落后技术产品的案例数不胜数。

对于类似的观点，有法学专家认为，著作权保护是为了保护创造力、鼓励创新，但是过于严格的保护，会不会反而成为科学创新和文化创作的阻碍呢？

在这些法学专家看来，著作权保护的不是内容而是形式："如果保护的是内容，也就是说，一个人公开的观点、作品、思想，别人是不能重复的，这就会影响到科学、文化的创新和创作。但如果保护的是形式，即保护的是创作者的表达方式，这就没有问题了。思想可以相同，研究可以类似，作品关注的问题也可以是同一个，但每个人表达的方式都是独一无二的，表达出来的形式也同样仅此一家。所以，著作权保护的是表达形式而不是内容。"

"要想解决互联网时代的著作权问题，其实只要注意三点：第一要有理，一定要契约先行，先签合同再使用；第二要有利，著作权保护是可以双赢的，不存在只能有一家得利的问题；第三要有节，版权保护要有节制，不能无限延伸，一旦无限化，就会成为科学、文化创新的阻力。"

这里，好莱坞对于著作权开发的例证或许可以给予大家更多启发。

美国电影是世界电影产业的核心支柱，这几乎已为世人所公认。在好莱坞的发展历程中，美国政府、加州政府乃至洛杉矶市政府均出台了相关政策，予以大力扶持。美国是世界上第一个开展文化立法的国家。在电影业方面，就是实施版权保护战略，制定版权保护法，并予以严格落实，保护电影产业的健康和可持续发展。好莱坞有着极其完备与发达的著作权保护组织和机制。比如，随便一名编剧，只要他有一个创意或一个故事结构，哪怕只有几百字，都可以到相关的组织和机构去登记，然后就会有帮他把这个创意进行推广的组织或机构。倘若哪天被导演看中，立刻就会签订使用合同，这时候作者就已经有收入了。这仅仅是开始，之后还有一系列相关的开发，比如制作DVD、动漫、玩具、海报等衍生产品，这些东西最终可能会给编剧带来巨额收入。这就是著作权被完全开发的模式，也是好莱坞梦想的实现过程。

与此相比，中国的著作权开发产业尚处于起步阶段，大量的著作权仍然在作者手里亟待开发，市场前景广阔。倘若更深度地开发，或可为上述的著作权纠纷带来解决的契机。

九、反不正当竞争在路上

2023 年 4 月 23 日，备受关注的"同人作品第一案"——金庸诉江南《此间的少年》著作权侵权和不正当竞争纠纷案，历经 8 年，终审终于落锤：二审法院对一审法院判决著作权不侵权予以改判，判决涉案作品构成著作权侵权，但不判决停止发行，再版时向权利人支付版税收入的 30% 作为经济补偿，同时判决构成不正当竞争，被告立即停止涉案不正当竞争行为，在媒体刊登声明，消除不正当竞争行为所造成的不良影响，维持一审判赔数额，即被告应当赔偿原告经济损失 168 万元和合理开支 20 万元，驳回原告的其他诉讼请求。二审判决结果一经公开，旋即引起社会热议，文学界、学术界、实务界和公众对此评价不一，莫衷一是，更有很多创作者、出版者对同人作品前景表示担忧：今后，"此间的少年"还在，但同人作品恐再无。

2000 年，正在美国留学的青春小说作家江南（原名杨治）身在异国他乡，分外想念北大的校园生活，当时正值金庸武侠小说热，于是，"套用金庸先生笔下人物的名字，讲一群北大学生的校园故事"，创作了青春校园小说《此间的少年》，网络发表后，收获不少"赞誉"并受到出版机构的垂青。作为作者的第一本纸书，作品出版后，销量很快超过 100 万册。

2016 年 10 月 11 日，著名武侠小说作家金庸认为，《此间的少年》对其作品构成著作权侵权和不正当竞争，遂将江南和相关出版发行机构诉至法院，要求停止复制、发行小说《此间的少年》，封存并销毁库存图书；公开致歉道歉；赔偿经济损失 500 万元；支付维权合理费用 20 万元。

在一审法院审理过程中，江南于 2016 年 10 月 23 日在新浪微博上发表《关于金庸先生诉〈此间的少年〉案件的声明》，称"书中人物姓名确实基本都是来自金庸先生的系列武侠作品"，属于"娱人娱己"，"这种形式的出版物是否合规，心里也是惴惴不安的。所以在最早出版的时候，我和出版社也就书中人名的问题咨询过相关的法律人士，被告知这种形式在当时未曾触及相关的法律规定，才正式决定出品此书"，"并未有侵权的想法"。

一审法院审理认为，被告涉案作品虽然使用了金庸四部作品中的大部分人物名称、部分人物的简单性格特征、简单人物关系以及部分抽象的故事情节，但属于小说类文字作品中的惯常表达，并没有将情节建立在金庸作品的基础上，而是在不同的时代与空间背景下，围绕人物角色展开撰写全新的故事情节，创作出不同于金庸作品的校园青春文学小说，而且部分人物的性格特征、人物关系及相应故事情节与金庸作品截然不同，情节所展开的具体内容和表达的意义并不相同。涉案作品与金庸作品的人物名称、人物关系、性格特征和故事情节在整体上仅存在抽象的形式相似性，不会导致读者产生相同或相似的欣赏体验，二者并不构成实质性相似。涉案作品是被告重新创作的文字作品，并非根据金庸作品改编的作品，无需署上金庸的名字，相关读者因故事情节、时空背景的设定不同，不会对金庸作品中人物形象产生意识上的混乱，《此间的少年》并未侵害金庸所享有的改编权、署名权、保护作品完整权。法院同时认定，金庸主张以角色商业化使用权获得著作权法的保护并无法律依据，对此不予支持。因此，被告涉案作品不构成著作权侵权。

但一审法院认为，金庸的作品及作品元素具有极高的知名度和影响力，具备了特定的指代和识别功能，具有较高的商业市场价值。被告与金庸存在竞争关系。被告的涉案作品借助金庸作品整体已经形成的市场号召力与吸引力提高新作的声誉，可以轻而易举地吸引大量熟知金庸作品的读者，并通过北京联合、北京精典的出版发行行为获得经济利益，客观上增强了自己的竞争优势，同时挤占了金庸使用其作品元素发展新作品的市场空间，夺取了本该由金庸所享有的商业利益，获利意图明显。原告作为读者"出于好玩的心理"使用金庸大量作品元素创作《此间的少年》供网友免费阅读，在利用读者对金庸作品中武侠人物的喜爱提升自身作品的关注度后，以营利为目的多次出版且发行量巨大，其行为已超出了必要的限度，属于以不正当的手段攫取金庸可以合理预期获得的商业利益，在损害金庸利益的前提下追求自身利益的最大化，对此被告用意并非善意。被告在涉案作品首次出版时将书名副标题定为"射雕英雄的大学生涯"，将自己的作品直接指向金庸作品，其借助金庸作品的影响力吸引读者获取利益的意图尤为明显。因此，被告行为具有不正当性，与文化产业公认的商业道德相背离，应为反不正当竞争法所禁止，被告的行为构成不正当竞争。

于是，法院于 2018 年 8 月 16 日做出一审判决，判决被告立即停止涉案不正当竞争行为；停止出版发行《此间的少年》并销毁库存书籍；公开赔礼道歉，消除不良影响；原告之一江南赔偿金庸经济损失 168 万元，其他二被告就其中 30 万元承担连带责任；江南赔偿金庸为制止侵权行为的合理开支 20 万元，其他二被告就其中的 3 万元承担连带责任。

此案一审宣判后，引发了社会广泛关注。很多专家认可不构成著作权侵权的法院判决，但同时也认为，法院关于构成不正当竞争的说理牵强附会，被告的行为依法根本不构成不正当竞争。如果按照法院这样的判断标准，社会上的很多"同人作品"都可能落入不正当竞争的规制范畴，进而要被追究法律责任。

一审法院宣判当日，江南迅疾在微博发布《关于金庸先生诉 < 此间的少年 > 案件一审判决结果的声明》，称在作品出版前，他对人物名字也有犹豫，但咨询了相关法律人士时，被告知"这种形式并无版权问题"，"跟自己尊重的作者打官司，当然不是什么令人开心的事，不过一根一苗、一花一果，十八年前一时兴起，也因其得名得利，应当有此一劫"。

从原告向法院起诉起至二审判决整整八年，二审法院对"同人作品第一案"作出终审判决，正是全国知识产权宣传周期间，因此，此案判决的结果格外引人关注。

二审法院认为，涉案作品《此间的少年》在故事情节表达上，时空背景不同，推动故事发展的线索与事件、具体故事场景的设计与安排，故事内在逻辑与因果关系皆不同，不构成实质性相似。因此，《此间的少年》没有侵犯金庸四部小说中对应的故事情节的著作权。但又认为人物角色形象和人物关系构成对金庸作品的剽窃，因而将一审法院判决著作权不侵权，改判为侵害著作权。

一审法院在判决书中援引了知名知识产权专家、华东政法大学王迁教授 2017 年发表的一篇论文《同人作品著作权侵权问题初探》。作者认为，"判断同人作品是否为侵权作品的关键，在于正确地划分思想与表达的界限。独创且细致到一定程度的情节属于表达，未经许可使用实质相似的表达就可能侵权。在同人小说中直接借用经充分描述的角色和复杂的关系，可能将以角色为中心的情节带入新作品，从而形成与原作品在表达上的实质性相似。但仅使用从具体情节中抽离的角色名称、简单的性格特征及角色之间的简单关系，更多的是起到识别符号的作用，难以构成与原作品的实质性相似"。应当讲，王迁教授的观点也为一审法院认定涉案作品不构成侵害著作权提供了理论依据和支撑。无独有偶，二审法院在判决书中分析版权侵权案情时，也一字不差地转述了该观点，但二审判决结果却截然相反。

如果将同人作品中的人物角色认定为著作权法单独保护的对象，并且根据这一个元素就认定涉案作品对原作品构成实质性相似，进而认定构成著作权侵权，这将对同人作品创作、传播会产生非常可怕的社会效果。对涉案作品实质性相似的判定应该对多个元素进行综合考量、整体考量，而不是单独强调一两个元素。文学角色、人物群像不构成独创性的表达，并不构成作品，此案中并未让读者形成对原告涉案作品的具体指向，不应单独是著作权法保护的对象。因此，简单地将文学角色、人物群像认定为版权保护的客体，进而作为实质性相似和侵权的判断标准，不但有失偏颇，而且逻辑关系也行不通。

另外，最令人担忧的是，二审判决判定被告著作权侵权，但提出适用"侵权不停止"规则，即涉案作品"在人物名称、性格、关系等元素存在相同或相似，但情节并不相同，分属不同文学作品类别，二者读者群有所区分。为满足读者的多元需求，有利于文化事业的发展与繁荣，在采取充分切实的全面赔偿或者支付经济补偿等替代性措施的前提下，可不判决停止侵权行为"，而是从涉案作品再版版税收入的30%支付给权利人作为经济补偿。

这个判决结果不但与原告要求停止出版发行、销毁库存书籍的诉讼请求不一致，也或将对文学创作、图书出版行业产生意想不到的负面影响。侵权人未经原著作者同意，擅自使用、改编或剽窃他的作品来出版、改编、演绎进行牟利，一旦被发现诉诸法律，反而会不以侵犯他人作品版权为耻，而是花钱给付所谓稿费或版税进行经济补偿，就可以理直气壮地继续实施侵权行为。著作权侵权行为和法律责任应当保持一致。对于侵犯著作权行为，既然判定侵权了，就应该按照《著作权法》第五十二条的规定，做出停止侵权、消除影响的判决。有很多网友认为这是变相鼓励花钱了事，变相鼓励侵权。显然这不是法院的初衷。

同人写作自古有之，伴随着文学创作发展一直存在。对同人作品的创作和市场开发应该采取理性的态度，而非一味抑制其创作和作品的传播。对同人作品个案著作权剽窃侵权的判断，不应仅着眼于作者的知名度，应当综合考量构成实质性相似的多个元素的整体内在逻辑关系和法律依据，尤其是对产业发展的影响，把握版权保护与产业发展之间的平衡。法院在依法保护原创版权的同时，也应在法律的框架内鼓励创新创作，鼓励产业发展，法官的自由裁量应该充分考虑或评估判决裁定给行业发展和市场导向作用带来的影响。

与文学创作相关的不正当竞争行为中的"竞争关系"，还有下面的案例：

某知名作家创作的文学作品深受读者喜爱，并多次获得国家级文学奖项。2021年8月，这位作家发现，一家地方出版社出版的图书中印有他的名字，遂以出版社擅自使用他人有一定影响力的姓名，构成不正当竞争为由，将出版社诉至法院，要求出版社承担侵权赔偿责任。但出版社却辩称：作家与出版社不存在竞争关系，其行为不构成不正当竞争，故不应承担侵权责任。

根据《反不正当竞争法》第二条有关规定，本法所称的不正当竞争行为，是指经营者在生产经营活动中，违反本法规定，扰乱市场竞争秩序，损害其他经营者或者消费者的合法权益的行为。因此，经营者之间是否存在竞争关系是认定是否构成不正当竞争的关键。但根据立法本意，反不正当竞争所规制的竞争关系并不局限于直接的竞争关系，间接的竞争关系也同样应当予以保护。

本案中，作家在文化市场中通过向市场提供作品而获得利益，出版社通过出版图书获取相应的经济利益，因此，这位知名作家和出版社均属于文化市场中的经营者。在文化市场竞争关系中，出版社未经授权将作家的姓名印在其出版的图书上，利用作家的知名度来获取经济利益，致使该作家的图书销量减少，给他造成了不利影响。因此，该知名作家和出版社之间存在竞争关系，他们之间的竞争行为应当适用《反不正当竞争法》调整。

十、"影视化"中的那些事

2014年，电视连续剧《北平无战事》热播，一度被誉为代表了"中国电视剧最高质量"。随着剧集被广泛关注，一些之前鲜为人知的信息渐渐披露出来。

2014年10月的一天，笔者接到著名儿童文学作家张之路的电话，他说："电视剧《北平无战事》主题歌《雪朝》是樊发稼老爷子的作品，但是剧组却误认为作者是朱自清。我们都是文著协会员，文著协应当为樊老爷子撑腰，主张权利。"这部电视剧笔者也很喜欢，也注意到主题歌词了。

　　笔者随即与樊发稼老师联系，听他讲述创作经过，并将两部作品进行比对，进一步确认版权事宜。

　　与此同时，文著协会员部同事也接到卞之琳女儿青乔的反映，该电视剧也引用了卞之琳的短诗《断章》中的两句，但后来青乔未委托文著协出面与剧组交涉。此前，该剧制片人及诸多媒体曾宣传介绍，该剧主题歌的歌词《雪朝》是朱自清创作的诗词，由编剧刘和平选定。

　　电视剧《北平无战事》片尾曲《雪朝》：

雪花漫天飞扬，
黎明静谧的没有声响。
无意间打开浅蓝色日记，
紫红色花瓣散落到桌上。

队旗在风中飘荡，
我们远足到青翠山岗。
童话般瑰丽的雪朝，
花瓣也显得明丽辉煌。

雪花，雪花，
你快化作春水，
让小溪闪动阳光。
雪花，雪花，
你快化作春水，
让花儿再鲜亮馨芳，
啦啦啦啦啦啦……

　　事实上，朱自清从来就没有写过这首歌词或诗歌。1922 年，商务印书馆出版了朱自清、俞平伯、郑振铎等八位诗人的诗合集《雪朝》。朱自清曾说，这首诗合集之所以取名《雪朝》，是因为它是在一个下雪的早晨编好的。

这首歌词其实出自当代儿童文学作家、儿童诗人、中国文字著作权协会会员樊发稼 1981 年创作的诗《雪朝》。该诗 1982 年刊发于《儿童文学》第 1 期，后收录于他的诗集《春雨的悄悄话》。

原诗如下：

雪朝
  樊发稼

白絮似的雪花漫天飞扬，
银色的黎明静谧得没有一点声响；
我无意间打开湛蓝色的日记本，
一簇紫红色的花瓣散落在桌上。

哦，花瓣儿已经没有往日的馨芳，
可我记忆的花朵却依旧这样鲜亮。
火红的队旗在风前哗啦啦飘荡，
我们远足来到青翠的田野、山岗……

今天，在这个童话般瑰丽的雪朝，
这簇花瓣也显得特别明丽辉煌。
它撩起我心中无限美好的情思，
心头激荡起热烈向往的波浪——

雪花雪花，你快化作融融春水，
让晶莹的小溪闪动灿烂的阳光。
阳光里我们像千万只快乐的小鸟，
在绿色的天地里尽情地歌唱、飞翔……

对比发现，热播谍战剧的歌词与当代诗人樊发稼作品《雪朝》高度相似，实乃樊发稼诗歌的缩减版。那么，究竟是樊发稼抄袭了歌词，还是歌词抄袭了樊发稼？

明眼人一看就知，此歌词现代味十足，与朱自清及当时的民国诗歌完全不是同一风格。此外，就算查遍朱自清所有的诗集，也不见这首《雪朝》。甚至在朱自清的相关传记里，也从没提到过这首诗。朱自清的嫡孙朱小涛也对此予以确认。

"我是 1981 年 2 月一个下雪的早上写的这首诗"，樊发稼对这首四节十六行诗印象特别深刻，"这是为了回忆我的少年时代创作的"，几乎是一气呵成。他押的是比较响亮的"江阳"韵。

2014 年 10 月 25 日早晨，樊发稼在微博发布了《严正声明》：

正在热播的电视剧《北平无战事》主题歌歌词千真万确抄袭了我的诗作《雪朝》。我已在网上收听了该剧的主题歌演唱，绝对证实了这一点！说什么根据朱自清的诗改编云云，完全是说瞎话！

我严正要求，《北平无战事》剧组公开承认剽窃这个事实，向广大观众和我道歉，该剧若继续公映，必须补署作者我的名字，并依法赔偿经济损失。

我的原诗《雪朝》刚才已重贴本博，有心人可据以对照。

在此，我要衷心感谢首先在网上揭露此事的河南作家周罗吉先生！

樊发稼

2014 年 10 月 25 日晨于北京

......

本人身份：中国社科院研究员、中国作协全国委员会名誉委员

由此可以断定，该剧片尾曲歌词抄袭了当代诗人樊发稼的诗歌，并张冠李戴到了朱自清的头上。

这部热播剧自开播以来，得到了很高的评价，媒体也不吝笔墨大力宣传。相关评价诸如"代表中国水平的电视剧""让中国的电视剧终于不丢人了""真正的大制作、大历史剧""2014 年最值得期待的电视剧""坚持精品创作路线，凭借画面精良的制作水准、富有内涵的深刻台词、精彩扎实的演出效果、严肃认真的历史态度，赢得收视和口碑双丰收"，等等。

即便是这个涉嫌剽窃的《雪朝》，也得到了媒体普遍的赞扬。网上曾对此歌词大加赞赏了一番：细品《雪朝》，在它别具味道的曲调中，隐约间可以体味到编剧对故事所处时代有一种特别的情愫或者说情有独钟。在不久前播出的剧集中，出现了朱自清拒领美国救济粮挨饿致死、学生们集体背诵《荷塘月色》段落的场面，让不少电视机前的观众颇为感动。编剧选用朱自清的诗作为主题歌的歌词，不仅映衬了片中的情节，也想通过这首歌传达自己在这部作品中所展现的人生观和大历史观，所以这首歌也成为编剧在剧本之外，为这部电视剧添加的最好注脚。

殊不知，这首歌词是当代人所作。

当时，笔者和文著协秘书处同事经过深思熟虑，给樊发稼提了三条建议：第一，《北平无战事》剧组应当在微博等媒体公开赔礼道歉，承认樊发稼是《雪朝》的作者，道歉内容须经他本人认可；第二，电视剧《北平无战事》、光盘和图书等载体应将其主题曲《雪朝》的作者署名"朱自清"更正为"樊发稼"；第三，赔偿经济损失和精神抚慰金，签订和解协议，明确赔礼道歉的形式、刊发媒体、赔偿经济损失和精神抚慰金的具体细则以及允许剧组继续使用的授权期限等。主张经济赔偿是放在最后一位的。这是维权策略。

后来，在中国作协作家权益保障委员会的协调下，樊发稼获得了一定的经济赔偿。

2014年10月26日，《北平无战事》官方微博发布了《编剧刘和平老师关于引用失误的致歉声明》，承认出现了"不应该的失误"，樊发稼是《雪朝》的原作者，为自己"治学不严，深表惭愧"。

2014年11月10日，樊发稼在微博发布《感谢朋友们》透露，11月5日，《北平无战事》剧组人员来到他家中，送来道歉信和赔偿金。当日，他兑现承诺，从博客里将有关博文和"侵权"资料全部删除，"维权"一事到此结束。

诗人樊发稼的原创诗歌《雪朝》被影视剧随意拿走剽窃，只是影视剧"拿来主义"的一个小小案例。

这些年，随着一些电视剧、电影的热播热映和原著图书的畅销，原著作者与编剧、编剧与影视公司、编剧与编剧之间的版权纠纷一直没有间断。不给编剧署名或不当署名、未经原著作者授权擅自改编创作剧本、编剧未经原著作者许可擅自出版剧本、影视公司拖欠编剧报酬、编剧剧本遭剽窃侵权等现象时有发生。这些纠纷既有侵犯著作权（如改编权、出版权、署名权）的侵权纠纷，也有不履行或不恰当履行合同条款的违约纠纷（如拖欠稿酬、署名不当），甚至有二者竞合的情况。在众多的影视剧版权纠纷中，我们不禁要深深思考，"拿来主义"的界限何在？

2013 至 2014 年，随着央视一套黄金档电视连续剧《推拿》的热播，越来越多的人开始关注一部和电视剧同名的长篇小说，这部小说曾获国家级文学大奖。当时的图书市场上出现了两个版本的同名作品，且内容相近，好似双胞胎一般：一本是著名作家毕飞宇的茅盾文学奖获奖作品《推拿》，一本是西苑出版社出版、署名为陈枰的长篇小说《推拿》。

陈枰，正是上述黄金档电视连续剧的编剧。

2013 年 9 月，出版知名作家毕飞宇获奖作品的人民文学出版社向北京市东城区人民法院提起诉讼，起诉陈枰的同名小说涉嫌著作权侵权，法院正式受理了此案。

相关信息显示，著名作家毕飞宇的长篇小说在 2008 年 9 月出版发行，2011年 8 月，获得国家级文学奖，图书发行已超过 20 万册。随后，小说被陆续改编为电视剧、话剧、电影等艺术形式。

根据相关法律规定，出版改编作品应征得原著作权人同意，并支付报酬。原著作者毕飞宇明确表示："虽曾提供给他人长篇小说的电视剧改编权，但从未授权他人出版电视剧的剧本或小说。"

为了便于诉讼，毕飞宇将其针对上述侵犯其改编权的著作权侵权行为所享有的诉讼权利和实体权利一并转让给了出版社。为此，毕飞宇、人民文学出版社以陈枰版《推拿》的出版发行行为侵害了毕飞宇对《推拿》小说所享有的改编权，同时，陈枰版《推拿》使用《推拿》作为图书名称，混淆市场，误导读者，构成擅自使用知名商品的专有名称的不正当竞争行为为由，诉至人民法院，要求被告停止出版发行陈枰版《推拿》，连带赔偿毕飞宇经济损失 20.4 万元，赔偿人民文学出版社经济损失 40.8 万元及合理支出 20129.4 元。

2014 年 3 月，人民法院作出一审判决，认定被告侵犯毕飞宇《推拿》著作权，赔偿其经济损失 5 万元，同时认定两被告未对毕飞宇图书所属出版社构成侵权，驳回原告关于被告不正当竞争的诉求。

二原告认为，一审判决结果无法对侵权者形成警示作用，明显是在为其免除责任，很多作家和出版社也纷纷加入讨论。中国文字著作权协会和人民文学出版社联合举办维权座谈会，随后原被告双方均提起上诉。

2014年9月25日，北京市第二中级人民法院作出终审判决，认定陈枰、西苑出版社侵害了毕飞宇一书的改编权，并构成不正当竞争。陈枰、西苑出版社赔偿毕飞宇经济损失14万元，赔偿人民文学出版社8万元及合理费用5000元。二原告对二审判决结果表示满意。

与上述案例情形相近的还有《马文的战争》的版权纠纷。2008年，在图书市场上出现了两本由不同出版社出版、内容相近的图书，作者分别为作家叶兆言和编剧陈彤。

2008年12月1日，江苏省南京市鼓楼区人民法院开庭审理了电视剧《马文的战争》原著作者叶兆言诉电视剧编剧陈彤及剧本图书出版方侵权一案，但在审理时却出现了争议。

争议一：陈彤的代理律师认为，作为电视剧《马文的战争》的独立编剧，陈彤享有文学剧本的著作权，不存在侵犯原告著作权的行为。原告律师则提出，根据著作权法第三十四条规定，出版改编作品，应当取得原作品的著作权人许可。

争议二：出版社和陈彤的代理律师表示，他们是在原告提起诉讼之后，才得知叶兆言与影视公司签署的合同中有针对改编作品不得出版的约定，不存在主观上恶意侵权的行为。原告律师称，陈彤曾将改编作品送至一家出版社，该社编辑主动打电话向叶兆言求证，得到未获出版权授权的回答后，将书稿退回。

此外，改编剧本《马文的战争》未出版前，出版社在最初的封面设计方案中曾注有"原著作者叶兆言"，但正式出版时却没有出现。《马文的战争》一书第一版对原著作者叶兆言只字未提，后来第二版加印时，署名由"陈彤著"变为"陈彤作品"，并加了一篇陈彤的后记，其中提到作品改编自叶兆言的小说。律师认为："这些变化说明，被告已经意识到自己的行为构成侵权，却没有停止；而且，按照著作权法规定，即便加上后记，也没有改变侵权的性质。"

原告提出的赔偿损失共计100.07万元的诉讼请求，成为双方的第三个争议点。

原告律师认为，侵权案的赔偿一般为原作者遭受的损失或侵权方获得的利益。叶兆言在精神、名誉上的损失无法计算，但对方的获益部分则有据可查。用图书单价减去三分之一的成本，再乘以销售量就可以算出被告的获益。

对于这个数字，出版社方面表示，印刷量不能等同于销售量。据被告代理律师介绍，目前仅出版社库房内就有 4000 册存书，"在原告提起诉讼后，各地的图书陆续下架封存，实际的销售量大约是 3.5 万册"。

一年后，该案的一审判决出炉，原告叶兆言胜诉，而陈彤、相关出版社和书店则被判侵权：在判决生效后 10 天内，陈彤和出版社必须在国家级报刊上刊登道歉声明；同时，陈彤赔偿叶兆言 14.3562 万元，出版社赔偿叶兆言 40 万元，并共同支付叶兆言为制止侵权行为所花费的 3 万余元，总计 57 万多元。

随后，陈彤及律师都表示对此判决不服并提起上诉，陈彤还在个人新浪博客上发表《我想过不公正，没想过这么不公正！》一文，表达对一审判决的强烈不满与质疑。

一审法院判决陈彤败诉后，笔者曾经邀请著名编剧汪海林和相关专家举办沙龙，就此案进行了研讨。

2009 年，南京市中级人民法院经审理认为：陈彤和北大出版社侵犯了叶兆言的署名权、改编权等权利，应当承担停止侵权、赔礼道歉、赔偿损失的民事责任。据此判决：陈彤、北大出版社以及先锋书店立即停止侵犯叶兆言《马文的战争》著作权的行为；陈彤和北大出版社于判决生效之日起 10 日内在国家级报刊上刊登声明，向叶兆言赔礼道歉、消除影响；陈彤向叶兆言赔偿经济损失 100000 元和合理费用 13238.6 元，北大出版社向叶兆言赔偿经济损失 200000 元和合理费用 20000 元。

上述两个案件都涉及到文学作品被授权改编为影视剧后，编剧是否有权出版电视剧剧本或电视小说的问题。原著作者在与影视公司签署的影视剧授权改编合同中均未授予影视剧本或电视小说的出版权，一个案例中作为被告的编剧对影视改编行为理解有误，后一个案件中的编剧在法庭上才得知原著作者仅仅授予了影视公司电视剧改编权，并没有授权出版电视剧本。所以，影视公司在与原著作者签署影视改编授权合同时，应当明确约定是否包括影视剧本、影视小说、影视连环画文本的出版权；编剧在完成剧本改编创作后，将书稿交付出版之前，一定要审查原著作者与影视公司的原始授权改编合同中，是否包含影视剧本或影视小说出版权的授权。看一眼原始影视改编授权合同，多一道审核手续，就可能避免不必要的法律纠纷。

除了常见的编剧与原著作者、相关出版社之间的版权纠纷，也有个别作者"杠上"火爆影视剧的现象出现。

2017年3月底，根据周梅森同名小说改编并由其担任编剧的反腐题材电视剧《人民的名义》热播。该剧以检察官侯亮平的调查行动为叙事主线，讲述了当代检察官维护公平正义和查办贪腐案件的故事。该剧单集最高收视率突破8%，在网站播出总量高达300多亿，刷新了近十年省级卫视收视的最高纪录，同时入选"2017年中国十大事件"。

一位早年在媒体任职的刘姓作家看到该剧后告诉媒体，通过逐集比对这部热播剧后发现，该电视剧和自己的小说《暗箱》在谋篇布局、人物设置以及地名和人名等方面都很相似。

刘作家认为，《人民的名义》侵犯了她的著作权，因此将周梅森及制片单位等八被告诉至法院。

原告认为，《人民的名义》与其发表的小说《暗箱》在核心事件、叙事结构上高度相似，尤其国企改制与收购、政府内部反腐、腐败集团反击等情节高度近似，实质主线完全雷同。因此，刘作家向周梅森及制片单位等八被告索赔1800万元，并要求停止电视剧的一切播出、复制、发行、信息网络传播以及小说出版、销售，并在全国性媒体上刊登经原告和法院书面认可的致歉声明，消除侵权影响，恢复原告著作权益；承担原告维权费用20万元，承担本案全部诉讼费用和鉴定费用。

周梅森随后发表声明，否认抄袭之说，表示作品系原创，他将通过法律维权，保护自己的名誉。同时，周梅森反告对方《暗箱》是抄袭了自己更早期的作品《中国制造》和《绝对权力》。周梅森方在递交法院的"事实与理由"中写道："经原告对比发现，《暗箱》在故事背景、主线设置、主要人物设定、主要情节设置、结局安排等方面大量抄袭、剽窃原告作品《中国制造》和《绝对权力》。"索赔1元。

谈起"反告对方"，代理律师介绍，这实在是周梅森的无奈之举。据说，周梅森原本并不想这样做,直到看到刘作家与其代理律师竟然专门上节目宣传此事,《人民的名义》团队认为不能再忍让,必须还击。

"任何案件都有或胜或败的可能。假如因为《暗箱》的小说早于《人民的名义》出版,且很多桥段相似,就判定周梅森败诉,那么我们用同样的逻辑、同样的事实在北京起诉她,我们一定赢。这样他们的胜诉就毫无意义。"代理律师也专门解释了为何周梅森只索赔1块钱,"周老师说,我不要损失,我只要她赔偿1元钱精神损害抚慰金,就是要告诉他们,一定要停止侵权,我不是为了钱。"

2019年4月24日,法院经过分析和比较,认为两部小说既不存在文字表达上的字面相似,也不存在作品设定上的非字面相似,被告不构成侵权,驳回原告的诉讼请求。

原告不服一审判决,向当地知识产权法庭提起上诉。但在法院确定开庭日期后,2020年8月20日,原告向法院申请撤回了上诉。

9月2日,知识产权法院作出撤回上诉裁定,该裁定为终审裁定,一审判决自该裁定书送达之日产生法律效力。至此,这起历时三年多的著作权纷争,以原告败诉落幕。

著作权法保护的是作品的表达,而不延及作品的思想。文学作品、影视剧是否构成著作权法意义上的剽窃,应当由专业版权鉴定机构或专家按照"接触+实质性相似"原则,对涉案作品在文字内容、主题结构、故事情节、人物关系、角色设定等方面进行比对分析,出具鉴定意见;法院综合考量后作出两部作品在表达上是否构成实质性相同或相似,进而判定是否构成剽窃侵害著作权的结论。

十一、"法定许可"细甄别

有的侵权行为来自冠冕堂皇的"法定许可"。

作家李晓琴(化名)几经周折后终于找到了真正的事主——本省一家教育出版社。就出版社从报纸副刊上"不告自取"她的散文用作教辅图书的内容,李晓琴与该出版社的编辑室主任马涛(化名)进行了"一刀一枪"的对话。

"马主任,我从来没有接到过任何你们的用稿通知,报社也没有接到过相关电话。您看,现在就连网络转载都有'游戏规则',怎么出版社反倒那么随意?

我作为作者，竟然没有得到一分钱稿酬。如果不是朋友发现这本教辅图书的存在，或许我永远都不知道你们用了我作品这件事。"

"晓琴老师，请您务必保持冷静。由于我们无法及时联系到您，所以暂时没能付给您稿酬。这样，一会儿您登记一下您的银行卡号，我们会把稿酬补发给您。"

"马主任，关键不是稿酬的问题，是你们'不告自取'，直接侵犯我的合法权益。"

"晓琴老师，咱们要讲著作权法吗？我们出版社长期按照著作权法的规定办事，您的作品不是用于商业用途，而是堂堂正正地用于国家九年制义务教育，用于教材，培育祖国的花朵。呵呵，我这么说是不是显得很高大上？事实上，我们直接使用您作品的情形，属于'法定许可'，不涉及任何侵权问题。"

……

写到这里，笔者暂时停止叙事，说一说马涛主任在作家李晓琴面前理直气壮地提到的"法定许可"。

法定许可是指在著作权法规定的特定情形下，可以不经过著作权人许可就使用其作品，但应当向其支付报酬，这种"先使用后付酬"的做法是不侵权的。现行著作权法规定，法定许可的具体有以下四种情形：

第一，教科书法定许可。我国现行著作权法第二十五条规定："为实施义务教育和国家教育规划而编写出版教科书，除作者事先声明不许使用的外，可以不经著作权人许可，在教科书中汇编已经发表的作品片段或者短小的文字作品、音乐作品或者单幅的美术作品、摄影作品、图形作品，但应当按照规定向著作权人支付报酬，指明作者姓名或者名称、作品名称，并且不得侵犯著作权人依照本法享有的其他权利。"

该项法定许可必须符合以下条件：首先，使用的目的必须是为实施义务教育或国家规划而编写、出版教科书；其次，使用的内容只能限于已发表的作品片段或者短小的文字作品、音乐作品或者单幅的美术作品、摄影作品、图形作品。

国家版权局、国家发展和改革委员会出台的《教科书法定许可使用作品支付报酬办法》自 2013 年 12 月 1 日起实施，该办法明确规定了教科书的内涵和外延，即义务教育教科书和国家教育规划教科书是指为实施义务教育、高中阶段教育、职业教育、高等教育、民族教育、特殊教育，保证基本的教学标准，或者为达到国家对某一领域、某一方面教育教学的要求，根据国务院教育行政部门或者省级人民政府教育行政部门制定的课程方案、专业教学指导方案而编写出版的教科书。同时规定了教科书使用文字作品的付酬标准为 300 元／千字，每年支付一次。文著协是负责教科书法定许可使用文字作品稿酬收缴和转付的唯一法定机构。

第二，报刊转载法定许可。我国著作权法第三十五条第二款规定："作品刊登后，除著作权人声明不得转载、摘编的以外，其他报刊可以转载。或者作为文摘、资料刊登，但应当按照规定向著作权人支付报酬。"

该项法定许可必须符合以下条件：首先，被转载、摘编的须是报刊发表的作品；其次，能够转载、摘编的主体同样是报刊出版单位。其他媒体如出版图书的出版社，其使用不适用法定许可。

按照国家版权局、国家发展和改革委员会 2014 年出台的《使用文字作品支付报酬办法》规定，报刊转载的稿酬标准为 100 元／千字。文著协是负责报刊转载稿酬收缴和转付的唯一法定机构。经常发表文章的作者可以加入文著协或委托文著协向转载其文章的报刊追讨稿酬。文著协采取主动公示报刊转载作品信息、主动查找作者、主动发放转载稿酬的"三主动"方法，依法维护作者报刊转载获得报酬权。

第三，制作录音制品法定许可。我国著作权法第四十二条第三款规定："录音制作者使用他人已经合法录制为录音制品的音乐作品制作录音制品，可以不必经权利人许可，但应当按照规定向其支付报酬；著作权人声明不许使用的不得使用。"

该项法定许可必须符合以下条件：首先，被使用的是音乐作品，而且是已经被他人合法录制为录音制品的音乐作品。如果先前的录制是非法的，即未经著作权人的许可而录制为录音制品，其音乐作品不能作为法定许可的对象，其次，录音制作者使用他人已经合法录制为录音制品的音乐作品制作录音制品，必须独立录制，其不能翻录他人先前录制的录音制品。

第四，广电法定许可。我国著作权法第四十六条第二款规定："广播电台、电视台播放他人已发表的作品，可以不经著作权人许可，但应当按照规定支付报酬。"

该项法定许可必须符合以下条件：首先，播放的主体是广播电台、电视台；其次，播放的内容是已发表的作品。

李晓琴已发表的报刊作品被用在了拓展阅读图书—与义务教育配套的教辅当中。然而要注意的是，教辅与教材的法律性质不同，出版者、使用者所承担的法定义务也不同。教辅对作者作品的选用，不属于著作权法规定的法定许可，不能适用著作权法第二十五条关于为实施义务教育和国家教育规划而编写出版教科书可以"先使用后付酬"的规定。既然不属于法定许可，出版社就必须在编写出版前，获得作者的授权，并且协商稿酬标准后，才能收录作品；否则，就是侵犯作者的著作权。出版社马主任的说辞显然是故意混淆概念，试图避重就轻。

作者们辛苦创作的作品被一些出版社不打招呼"无偿使用"，自选读本、试卷、辅导学习资料……只要留意在搜索引擎搜一搜，随时可能发现端倪。各种情况比比皆是，且纷纷打着法定许可的招牌。更有甚者，少数地方版教材选用文章时长期"不署名不付酬"，出版社责编声称："作家朋友们，我们选到你的作品是你的荣誉，等于给你的作品打了一个广告。你回头来维权，就属于不讲良心。"

就算按照法定许可入选教材，也依然在使用过程中存在着这样或那样的问题。比如，某地小学二年级语文书第24课《打碗碗花》将原文的"外婆"全部改成了"姥姥"，搜索这篇课文的原文却发现全篇都是"外婆"。有网友找出了2018年当地教委针对这一问题的答复，称"姥姥"是普通话语词汇，而"外婆、外公"属于方言。对此，有网友灵魂拷问："难道以后得讲《狼姥姥》的故事，唱'姥姥的澎湖湾'了吗？"再比如，著名作家、中国文字著作权协会原会长、中国作家协会原副主席陈建功的散文《致吾女》入选一家出版社的教辅材料时，却在未征得本人同意的情况下擅自删掉一节，并且将"蹉跎磨难"擅自改为"困厄磨难"，岂知这样的修改已经偏离作品原意。

一位作家曾在某教辅图书中惊讶地发现，自己授权的这篇近1500字的随笔被出版社擅自改得面目全非，文中的第三、四段几乎达到"全部改写"的程度，而且改写中由于"公共词汇"的大量应用，全然没有了原作的文采神韵，甚至还曲解了作者的表情达意。这位作家愤怒地致电出版社，责怪他们未经本人许可便自作主张对原文进行大幅改动。出版社编辑告诉作家，他们的改动都是遵照"有关规定"，否则不能"过审"。

在笔者辗转各地的采访中，所谓法定许可的"侵害方"和"被侵害方"，绝大部分是出版社和作家，事件过程通常是教材收录作品出版，但也有涉及其他领域的，比如视听平台，常见于近几年的案例。

作家康俊（化名）的长篇小说刚刚一炮打响，因为故事精彩、可读性强，他的作品被寄予更多影视化的期待。作为著作权所有者，康俊积极地与影视公司和视听平台联系，希望自己的新书顺利转化。一天下午，康俊突然接到朋友推送过来的一条音频链接："祝贺新书出版，这个听书 App 录得挺好的。"他当下一惊，自己并没有与这个音频分享平台联系过呀，他们怎么就擅自录播了自己的作品呢？待点开链接，只听得一个带着磁性的男音正在介绍图书主要内容，并告知听众，每周三、周四下午 3 点准时"听书"，且每周更新两章。如此的情形，让康俊既惊讶又愤怒。很快，康俊设法联系上了这家音频平台的栏目负责人，责问对方为什么要侵权。

"侵权？老师，这个不存在侵权，我们是广播电台官方开设的音频分享平台，按照法律规定，我们使用您的作品属于'法定许可'。至于报酬，我们播完后会主动联系您，这个您大可放心。"栏目负责人对康俊说。

这个音频平台"不告自取"的行为合法吗？满腹疑虑的康俊去找了专业律师。律师告诉他，电台、电视台可以不经著作权人许可播放他人已发表的作品，但应当支付报酬。最终，康俊拿到了平台支付的 4000 元报酬，却因此损失了音频授权转化可能产生的经济利益。

直到一年后，康俊才知道，那个挂靠广播电台、由私人经营的音频平台，根本不适用著作权法规定的法定许可。

第六章

新著作权法『画重点』

一、哪些要目修订了

新著作权法的实施，是我国知识产权领域的一桩大事，从此人们的日常娱乐、学习生活，无论是看新闻，还是看综艺节目、体育赛事转播，抑或是文学创作、影视改编、文创开发、版权质押、版权运用与市场价值转化，都将受到深刻影响。

新修改的著作权法从作品定义的科学设定、视听作品概念的引入、规定新闻类职务作品、实行惩罚性赔偿、提高法定赔偿额上限、增加权利人技术保护措施、进一步明确著作权行政执法的权限和加强行政执法力度等新设计来看，无论线上还是线下，都顺应了时代发展的要求，回应了技术和经济社会发展提出的很多挑战，进一步明晰了版权作品创作、传播、使用、管理、保护的法律边界和法律责任，更有利于营造优化作品创作、传播、管理、保护的版权生态环境。权利人可以选择合适的法律手段进行维权，主动维权的积极性将会更强，为创新、创造提供了坚实的法律保障。

近年来新出现的一些作品类型，无法划入法定作品类型，只能进入"兜底条款"，这容易造成是否构成作品的争议甚至导致其无法受到法律保护。新著作权法将作品定义为"文学、艺术和科学领域内具有独创性并能以一定形式表现的智力成果"，同时将电影和类电作品修改为"视听作品"，将"法律法规规定的其他作品"修改为"符合作品特征的其他智力成果"。这样的限缩（指法律条文文义过于广泛，通过局限其核心文义，以求正确解释法律意义的一种解释方法）规定更趋合理，具有很强的前瞻性和预见性，可以将原法律无法囊括的作品类型、未来出现的新作品类型，都纳入调整和保护的范畴。

按照原来的著作权法，"时事新闻"不受保护，同时，《著作权法实施条例》将"时事新闻"定义为"单纯事实消息"。但是实践中，新闻界和产业界对于"时事新闻"与"单纯事实消息"是否为同一性，长期意见不一致，对"时事新闻"的定义和范围界定标准不统一。这就导致司法机关对于涉及"时事新闻"的版权纠纷产生不同的裁判结果，大量应当受版权保护的时事新闻作品经常因此被肆意侵权盗版。在新闻界和新闻工作者长期呼吁下，这次修法将"时事新闻"改为"单纯事实消息"。这样明确了"时事新闻"中不受版权保护的仅仅是"单纯事实消息"，而不是所有"时事新闻"。

与此同时，新著作权法第十八条增加了"职务作品"的种类，即报社、期刊社、通讯社、广播电台、电视台的工作人员创作的作品为职务作品，作者享有署名权，著作权由法人或者非法人组织享有，法人或者非法人组织可以给予作者奖励。规定"新闻类职务作品"更有利于界定新闻成果的权属，有利于新闻成果的传播与保护，有利于我国新闻事业的发展与媒体融合。

社会各界对著作权侵权赔偿低、法定赔偿额 30 年不变和填平原则（我国民事赔偿的基本原则之一，要求权利人损害多少，侵权人就赔偿多少）长期诟病。

新著作权法不但将法定赔偿数额的上限提高到 500 万元，与专利法一样，还规定了法定赔偿额的下限为 500 元；同时对于故意侵权、情节严重的情况，法院可以判决给予赔偿额 1 至 5 倍的赔偿。这样的设计，落实了党中央、国务院提出的建立惩罚性赔偿制度，提高侵权违法成本，必将产生良好的社会效果，有效遏制侵权盗版行为的发生；权利人的主动维权意识将进一步增强；很多著作权侵权纠纷当事人会寻求调解、和解、仲裁等比较和平的方式解决纠纷，会化解大量社会矛盾，分解司法机关的压力；与商标法、专利法、反不正当竞争法等知识产权法律步调一致，形成全社会对知识产权侵权盗版的统一打击态势。

此次修改规定了"视听作品"的作品类型，在保留电影、电视剧著作权归制作者享有，同时保障编剧、导演、摄影、词曲作者署名权和通过合同约定享有获酬权基础上，进一步明确规定，除影视剧外的视听作品著作权归属由当事人约定，没有约定或约定不明的，由制作者享有。视听作品中剧本、音乐等可以单独使用的作品的作者有权单独行使著作权。这符合我国影视行业发展的现状，回应了社会关切。

新修改的著作权法根据《马拉喀什条约》（版权领域的人权条约）的规定，将"以阅读障碍者能够感知的无障碍方式向其提供已经发表的作品"行为纳入合理使用范畴，同时限定了免费表演为合理使用的条件，即必须不以营利为目的。对于广大权利人和相关行业担心的广播电台、电视台的禁止权，明确广播电台、电视台行使禁止权时，不得影响、限制或侵害他人行使著作权或与著作权有关的权利。这也是给广播电台、电视台上了一个"紧箍咒"。

著作权集体管理制度是衡量一个国家著作权保护水平的重要标志。目前，我国五家著作权集体管理组织（中国文字著作权协会、中国音乐著作权协会、中国音像著作权集体管理协会、中国摄影著作权协会、中国电影著作权协会）在履行法律赋予的法定许可使用费收取和转付的法定职能，推动广大会员作品合法有序使用和传播，促进产业发展，维护社会公平正义，推进全面依法治国和社会治理等方面发挥了重要作用。

但是集体管理组织在内部建设方面，在服务国家、社会、公众、会员的能力和水平方面还与国家的实际需求和国际标准有很大差距，社会公众有很多新期待。为此，现在明确了集体管理组织为非营利法人，除了直接参与诉讼、仲裁外，还可以参与调解。

集体管理组织与使用者就使用费标准产生争议时，既可以向国家著作权主管部门申请裁决，对裁决不服的，还可以向法院起诉；当事人也可以向法院直接起诉。集体管理组织有义务向社会定期公布使用费收转、管理提取和使用、使用费未分配部分等总体情况，建立权利信息查询系统，明确国家著作权主管部门对其负有监督管理的职责。

这样的设计，有利于提高集体管理组织工作的透明度，有利于提升其自身的服务能力和水平，有利于社会进行监督，推动集体管理组织加强自身建设，更好地服务于党和国家大局，不断满足社会、会员、使用者的需求，成为全面依法治国、建设版权强国、加强社会治理的重要力量。

作家在维权时，经常遇到取证难、举证不能的问题，新著作权法第五十四条规定了举证妨碍制度：法院为确定赔偿数额，在权利人已经尽了必要举证责任，而与侵权行为相关的账簿、资料主要由侵权人掌握的，可以责令侵权人提供与侵权行为相关的账簿、资料等；侵权人不提供，或者提供虚假的账簿、资料等的，法院可以参考权利人的主张和提供的证据判定赔偿数额。

作家在向法院起诉维权追究侵权人的民事责任时，在损害公共利益的情况下，还可以依法追究侵权人的行政责任。按照新著作权法，著作权主管部门在查处涉嫌侵权案件时，不但有权询问当事人，调查、现场检查，查阅、复制合同、发票、账簿等有关资料，还有权对涉嫌违法行为的场所和物品进行查封或扣押。权利人在诉前向法院申请采取财产保全时，还可以申请法院责令做出一定行为或者禁止做出一定行为等措施。这些规定使广大的作家维权手段增加，维权底气更足了。著作权行政处罚具有专业、快速、便捷等优势，因此，作家在维权、举报盗版案件时，也要善于运用著作权行政执法这一手段。

二、我们终于可以对"拼接者"说不

2021年8月，受陈清源团队委托，律师拿着手机逐一联系那些"不问自取"盗用内容的各平台视频账号主人。

就在两个月前，新修订的著作权法正式施行，新法完善了作品定义，即"文学、艺术和科学领域内具有独创性并能以一定形式表现的智力成果"，同时将电影和类电作品修改为"视听作品"，将"法律、行政法规规定的其他作品"修改为"符合作品特征的其他智力成果"，解决了短视频等视听作品及时事新闻的版权保护问题。

憋屈已久的陈清源和他的同伴，准备为他们的短视频作品长期被无端侵权讨一个说法，在进行个性化短视频创作时，终于可以对"拼接者"说"不"！

"作为创作者，我们深知原创的珍贵，所以，我们也要鼓励更多的人合法合规加入短视频创作行列中。这次，我们告诉了吴律师一个处理原则，如果有的账号只是偶尔一两次剪辑使用了我们的作品内容，而且单条视频点击量不超过1万，那么通知他们删除该条视频即可。但是，如果长期盗用我们的内容，且平均点击量大于5万，那我们会依法申请赔偿；至于那些每每直接使用我们作品的视频平台，肯定要与他们对簿公堂。"陈清源说。

森儿是某知名视频平台坐拥百万粉丝的"UP主"，最擅长歌曲背景画面剪辑，他的剪辑作品长期受到年轻人追捧。一般来说，森儿的剪辑素材主要取自电视、电影以及一些短视频或动漫。2021年6月以前，森儿在剪辑中就特别注意规避侵权问题，他在自己的剪辑作品开头都注明了所使用素材的出处，比如电影、电视剧等的名称以及短视频关联到的视频号，并且特别标注："涉侵权秒删"。在新著作权法施行后，对可能使用到的短视频，森儿更是提前私信有关账号的主人，在得到其应允后先付费，然后再进行剪辑工作。

"必须承认，新法之下，剪辑作品的成本包括时间和经济的成本高了不少，但作为一名专业创作者，我还是支持法律对视听作品版权的保护，因为这样一来，我辛苦剪辑的作品同样也能避免被别人侵权盗用。从长远看，这是一件利于所有人的好事。"森儿说。

一直从事舞台剧脚本写作的张洁（化名）同样为新著作权法的施行而倍感兴奋。这些年，最为困扰张洁的一件事，就是他作为唯一作者耗费极大心血打造的一个"音舞诗画"舞台剧本，被数个单位或组织拿去无偿使用，他却无法追责。当然，对于张洁来说，这并不是他所遭遇的唯一一个侵权事件。

就像2013年，张洁应邀为某大学创作了一台大型主题互动晚会的文学脚本。这台别具一格的晚会一炮打响，现场全程录像在市里广泛流传。当然，像张洁这样的幕后工作者被人们有意无意忽略了。后来晚会脚本通过某些渠道无偿落在了一些单位的宣传部门手里，继而"照猫画虎"。

这个他一直记挂的"音舞诗画"舞台剧本也是相似的情形。先是某市文旅局邀请他到某 5A 级景区进行长达一个月的采风，然后张洁花费了一年多的时间十易其稿精心创作了舞台剧本。演出很是成功，之后陆续有相邻地市也要做一台"音舞诗画"舞台剧，就直接通过市里宣传部门拿到了剧本终稿。

知晓这些事情，张洁很憋屈。他是个自由撰稿人，写稿的酬劳是他维持日常生活的来源。一个像样的大型晚会脚本一写至少一个月，在这一个月里因为繁重的创作任务几乎什么都不能做，也仅仅能拿到委托创作单位给的 6000 元左右的报酬。在双方签署的委托创作合同里，虽说没有注明著作权的归属（这种情况著作权归作者所有），但在脚本的标题下方注明了撰稿人为张洁。

可是，没有一个拿走脚本的单位与作者联系。眼见张洁的晚会脚本遍地开花，却仿佛与他这个辛苦劳作的原创作者半毛钱关系也没有。最关键的是，张洁不知道这种"命题作文"、带着浓厚"官方色彩"的晚会或舞台剧脚本，究竟属不属于法律保护的范围。

"那时，我翻遍著作权法，却没有看到针对我这种情况的说法。"张洁说，"2021 年 6 月以后，我很明确了，我的这些创作是'符合作品特征的其他智力成果'。"

如今，张洁在与单位签订晚会或舞台剧脚本创作合同时，除了专门注明"著作权归撰稿人所有"，还特地增加了一个条款："未经撰稿人许可，任何单位及个人不得转借转让文学脚本，违者将承担相应法律责任。"

在著作权相关的司法实务中，裁判者需要将作品进行归类，因为不同作品类型在独创性的判断上存在较大差别。因此，一直存在两种不同的观点，即作品类型必须严格法定（即如果不属于法定列举类型之作品不应突破予以保护）的观点以及作品类型并非法定可以适当突破的观点。而裁判者观点的不同，将直接影响裁判的最终结果。新著作权法第三条在对"作品"下定义并列举作品类型的同时，在第（九）项设置了开放式条款，即"符合作品特征的其他智力成果"，这意味着只要符合作品的定义皆可作为作品受到著作权法的保护，这不仅进一步增强了著作权法的灵活性，并且体现了鼓励新类型作品创作和传播的核心价值理念。

三、惩罚性赔偿保护作者权益

"撞破这起严重抄袭侵权事件，纯属偶然。"

2021年5月，作家肖孟（化名）协同公安机关追查自己遭到盗版的热销书，岂料在这个过程中，还意外发现另一位知名作家严林（化名）的图书也遭遇盗版印刷。在盗版者位于城乡接合部的秘密仓库里，肖孟和严林的盗版书混着堆在一块儿。

在现场，肖孟随手拿起一本严林的书翻了翻。细心的肖孟很快发现，严林的这本书与自己三年前出版的历史长篇小说从文字到内容几乎雷同。

当盗版案件告一段落后，肖孟专门从网上买来严林这本刚出版一年的新书，仔细通读一遍后断定，严林涉嫌抄袭。

肖孟是认识严林的。严林比肖孟成名更早，在肖孟刚开始学习创作历史长篇小说的时候，也曾经买来严林的作品进行学习。在某次文学界的聚会中，肖孟也见过远道而来的严林。严林年过六旬，戴一副银色细边眼镜，谈吐很是文雅，没有名家架子，很容易亲近。肖孟有严林的微信，但几乎没有联系。肖孟平时忙于赶稿，很少看朋友圈了解文友动态，在联系严林之前，他顺手翻了翻严林的朋友圈。这时，他才赫然发现，严林涉嫌抄袭的这部作品卖得还很火，属于出版社的重头产品，首印1万册，短短一年时间又再版两次，至今已开印4万册，这在时下的传统文学中十分难得。严林为此曾在朋友圈里专门炫耀了这一辉煌战绩，同时该书还获得了"年度好书"的荣誉。反观肖孟被抄袭侵害的那本图书，当年首印才5000册，因为没有宣传和包装，早已被人淡忘。没承想，时隔几年，严林竟然近乎全文抄袭，居然得到社会和读者的如此厚待。

压下怒火后，肖孟尽量用平稳的语气给严林发了一条长长的微信，请严林对这件事做出解释。没过多久，严林给肖孟打来电话，轻声细语地告诉肖孟，这种情况并不属于抄袭，因为大家用的都是史料内容，要说抄袭，那么大家都"抄"了史料。

对这样的解释，肖孟显然不认同。

历史小说架构在史料基础上，通过描写历史人物和事件，再现一定历史时期的生活面貌和历史发展趋势。它依据历史事实，但又不同于历史教科书；它可以做适当的想象、概括和虚构，但所描写的主要人物和主要事件应有历史根据，具有真实与虚构相统一的特征。它的写作不仅应有历史资料价值，更重要的在于它可以为后人提供某种借鉴，为现实生活服务。这种服务是通过作者的审美欣赏了解历史，并对历史进行反思，从而得到某种认识上的、美学上的启示，进而正确地认识和总结历史。

两人在电话里相持不下，严林冷笑几声后挂断电话，只扔下一句："那你自己看该怎么办。"

严林的态度让肖孟非常气愤。原本他想着两人协商解决，毕竟两人的朋友圈有诸多交集，肖孟压根儿不想把事情给闹大——这也是很多遭遇抄袭侵权作家的通常选择，毕竟圈子只有那么大。可眼前严林的态度是压根儿不愿承认错误，若不去深究，这件事很可能不了了之，而侵权图书则会继续再版获取利益。

此后，肖孟再也无法联系上严林，不仅微信被拉黑，电话也永远无法接通。肖孟又尝试联系对方出版社，倒是有人与肖孟对话，但基本还是持着作者严林的那套说辞——历史小说的基本史料就在那里，大家都得用"同一套"。

百般无奈之下，肖孟就抄袭侵权向法院起诉了严林及出版社。经过法院的专业鉴定，严林的这本书与肖孟三年前出版的作品内容重合度达到93%。根据侵权图书的总体销量、所获奖项和社会影响，2021年9月，肖孟向严林及出版社提出了100万元的侵权赔偿。法庭在充分调查后，支持了肖孟的赔偿要求，结合实际情况，最终判赔95万元，并要求严林及出版社公开道歉。

肖孟作为一个普通作家，之所以能拿到相对高额的侵权赔款，得益于2021年新修订的著作权法关于法定赔偿额最高限额的调整。

2021年新修订的著作权法中，关于侵害著作权民事赔偿部分，确立了"惩罚性赔偿"制度，大幅提升法定赔偿的上限标准，并增设了法定赔偿下限，适当降低权利人特定情况下的举证责任，保持与商标法、专利法规定的协调统一性，回应了加大知识产权保护力度的时代需求。

近些年中国的司法实践中，强化知识产权保护、提高侵权成本已经成为基本共识。

在2018年中共中央办公厅、国务院办公厅颁布的《关于加强知识产权审判领域改革创新若干问题的意见》中明确要求："加大知识产权侵权违法行为惩治力度，降低维权成本。对于具有重复侵权、恶意侵权以及其他严重侵权情节的，依法加大赔偿力度，提高赔偿数额，由败诉方承担维权成本，让侵权者付出沉重代价，有效遏制和威慑侵犯知识产权行为。努力营造不敢侵权、不愿侵权的法律氛围，实现向知识产权严格保护的历史性转变。"

四、"单纯事实消息"不予保护

最新修订的著作权法从"时事新闻"到"单纯事实消息"措辞的改变，更加直接地表明了著作权法不予保护的"时事新闻"的本质。

"单纯事实消息"这一提法，将"消息"的范围进一步限缩，将著作权法不予以保护的客体仅仅限定为"单纯事实消息"。

这种措辞的修改也与现行法律法规、司法解释中的表述一致，回应了以往司法实践中法院较为成熟的做法或认定。司法实践中，大量以"时事新闻"进行抗辩的内容并非单纯的事实性消息，往往会夹杂着报道者的个人评论或者有一定价值倾向的论述即独创性内容，而包含独创性内容的有关"时事新闻"显然应当属于享有著作权的"作品"范畴。这样的修改，与著作权法保护的作品本质——"有独创性的表达"相对应。

新媒体写作者王楠对新著作权法非常支持。几年前她辛苦采写的关于"医院门外帐篷中的人们"的文章惨遭洗稿，却因为是公众号时事特稿被归入"时事新闻"不受法律保护。2021年6月以后，她独家挖掘采写的时事特稿因为其独特的价值倾向以及单独捕捉的细节，受到新著作权法的保护。

现在，王楠特意在公众号上打上"原创"标记，并聘请了律师专门关注并检查剽窃、洗稿问题，发现一个就立刻给予警示止损。2023年1月，王楠采写的一位灵活就业人员几经挫折最终收获幸福的独家故事，在短短几天时间里就达到了20多万的点击量。

此外，在过去的许多年里，对于"新闻图片"是否也属于时事新闻，进而被排除在著作权法保护的范围之外。不同法院在司法实践中尚存在较大的分歧，原因在于对著作权法规定的"时事新闻"的理解不统一。

王小棠（化名）是一位资深摄影记者，他所拍摄的图片曾两度荣获国家级新闻大奖。在他多年的从业生涯里，最为苦恼的事情之一，就是反映时事的摄影作品常常被无偿使用甚至不具名使用。在某省会城市的规划展览馆里，王小棠冒着生命危险拍摄的旧楼爆破瞬间被放在二楼城市发展厅很显眼的位置，可是前来参观的人们不会知道眼前动人心魄的大幅特写照片的拍摄者是谁——在这座规划展览馆里，大多数的照片都没有标注摄影者。王小棠在一个媒体群抱怨市规划展览馆的做法，可同行们大都不以为然："作品放在那样重要的地方，本身就是对你的肯定，又不是参加评奖，署不署名对你没有丝毫影响；再说，你拍的也是城市发展的一件'公共大事'呀。"多年来，王小棠的摄影作品还常常被各大媒体引用——虽然都标注了摄影者甚至所属媒体，但大部分没有付给酬劳。因为，大家都把王小棠的心血作品当作"时事新闻"，不在著作权法的保护范畴内，自然也不享受法律规定的相关权益。

新修订的著作权法，从法理层面上进一步重申了"单纯事实消息"应该排除出著作权法保护范围这一常识，有助于在司法裁判以及法律适用中回到著作权法的本质，即从作品出发，对于某一诉争客体是否能够构成作品进而获得著作权法的保护进行论证判断，相信裁判者能够获得更清晰准确的答案，权利人也能获得更好的维权预期。

"新著作权法让我能够理直气壮地说：请尊重我的摄影作品的著作权。"王小棠说。

五、合作作品的权利界限

2022年3月，法院民事庭上，青年作家张思衡（化名）与著名作家米其林对簿公堂。

2018年，米其林主编并策划出版了一套新锐作家小说集，集子由七位在文坛初露锋芒的年轻作者的原创中篇小说组成，张思衡的一部作品也在其中。因为米其林的多方宣传，加上文本本身非常精彩，在社会上引起了很高的关注度。

这部集子有一个很大的特点，七部原创中篇小说围绕着"当代年轻人如何真正走出原生家庭"这一社会热点展开，构成了一个系列。也正是因为这个特点，小说集吸引了一家颇具实力的影视公司，制片人在发现好题材的第一时间便与米其林联系上了——此前，米其林便与该影视公司成功合作过两次。与许多丛书主编的做法一样，米其林以著作权人的身份在这套集子的出版合同上签了字，便一心认为影视转化这件事自己可以全权做主，甚至不需要征求小说作者们的意见——在米其林看来，这部集子极大地提携了这些年轻的不知名的作者，他们应当为此感恩，而不需再要求更多。事实上，著作权法早有规定，在一套丛书存在多位作者的情况下，著作权需具体认定，并不是该丛书的主编就拥有全部著作权。

2020年，米其林作为"著作权人"，顺利地与影视公司签署了影视版权转让合同，近百万元转让费用全数打到了米其林的账户上。因为种种原因，米其林并没有向年轻的作者们提起半句影视转化的事，直到张思衡2021年9月看到一则新闻——改编自某小说集的电视剧已正式开机。

张思衡很是错愕，我的作品要改编成电视剧，为什么没有人来问我一声呢？他询问其他几位作者，大伙儿的反应同他一样，都惊讶地表示对这件事一无所知。当张思衡辗转得知是米其林私自签售了小说集的影视版权，便大着胆子找到米其林，一方面感谢米其林的提携之恩，一方面委婉地表示自己也是小说集的原创作者之一，享有部分著作权，理应分享版权转让的相关收益。对于张思衡的要求，米其林不置可否，只说"后面再看"，但从此再无下文。出于对前辈的信任，张思衡没有再纠缠这件事，静静地等着米其林的处理结果。三个月后，张思衡结婚需要筹钱买房付首付，资金筹措艰难之际，便想起了那笔影视版权转让费——将近一百万，如果平均到七个人手上，每个人也有十来万。但这次再找米其林沟通，米其林却变了脸，甚至不顾张思衡的苦衷，大发雷霆指责他"忘恩负义""不知道自己几斤几两重"，并且郑重其事地告诉张思衡："我才是这套丛书的所有者，你们是我请来帮忙写书的，该给的稿酬我已经付过了。至于影视化的问题，还是靠我自己的人脉关系，托我自己的朋友，跟你们这些年轻人没有半毛钱关系。"

张思衡为米其林的态度生气且寒心——前辈与晚辈的情谊，在名利与金钱面前竟然如此脆弱，甚至连基本的体恤和同情也没有。直到这时，他才想到了用法律手段维护自己的合法权益。在略懂著作权法的张思衡的观念里，如果要与米其林对簿公堂，必须得和集子的作者一起维权才有效。

可惜，其他的六位作者不愿意去维权，原因多种多样：有的不愿就此与米其林翻脸，因为米其林有庞大的人脉和资源，得罪不起；有的觉得作品被搬上银幕本就是好事，对于年轻作家来说人气很重要，钱倒在其次；有的觉得打官司很麻烦，而且结果难料，不想做费力不讨好的事。

最终，决心要状告米其林的就只有张思衡一个人了。那么，仅仅是作者之一的张思衡能够独自维权吗？对此，新修订的著作权法是持肯定态度的。

新著作权法明确了合作创作作品中部分权利人行使权利的界限，提升了作品价值实现的力度，一定程度上扫清了部分权利人的维权障碍。

关于合作作品，按照 2010 版著作权法的规定，在司法审判实践中，经常会发生的问题是：合作作品的原始权利人之一试图起诉维权，可能出于无法与其他合作作品权利人取得联系或者意见无法达成一致等原因，而未能获得其他合作作者的授权，该权利人是否可以单独起诉维权，维权收益又应当如何处理？

不同法院对此类问题的处理似乎并不一致。有些法院的做法是通知其他作者参加诉讼，如果通知的作者明确表示放弃实体权利，可以不作为原告。也有法院认为，合作作者也可以单独提起诉讼，享有诉讼请求权，并未要求所有合作作者必须按照共同诉讼制度的要求参加诉讼。尤其是在授权实务中，如果一方权利人授权，而其他权利人不授权，最终可能导致合作作品无法被正常授权出版、演绎、传播，并产生侵权盗版纷争。

新著作权法将我国《著作权法实施条例》规定的合作作者收益合理分配条款纳入并进行明确。笔者以为，未来司法实务中可能会更加支持前述第二种处理方式，以节省诉讼资源，促进作品价值实现，扫清部分权利人的维权障碍。根据新修订的著作权法的规定，明确排除单方合作作品权利人行使权利的限制仅为转让、许可他人专有使用以及出质，根本原因在于这几种权利处理方式实质上会影响其他合作作品权利人权利价值的行使或实现，或者说使得部分权利人直接失去对作品的控制权。而作品受到侵害后的维权，实质上是对作品的权利保护以及价值补偿行为，有关收益具备可分配性，且不直接导致作品控制权的丧失。因此，从立法精神上看，也是说得通的。

最终，张思衡通过法律途径维护自己的权益，2021 年 12 月，法院支持了张思衡的维权主张，判决米其林支付影视版权转让费中本应属于张思衡的份额 13.5 万元，并就侵犯著作权的行为向张思衡道歉。

看见张思衡的胜利，小说集中的另外两名作者也向米其林提出维权主张。

六、入编课文能修改吗

新著作权法彰显了著作权的私权（与公权相对应，指个人在法律上享有的保护个人权益、尊严和自由的权利）理念，加大了著作权的保护力度，回应了现实的呼声和需求，对促进版权产业发展和文化强国建设将产生积极的意义。

法治日趋完善，但版权保护发展中仍有些易被忽略的存在。比如，"老生常谈"的教科书对文学作品的"修改"。

2021年4月，一篇名为《萧红入编课本的不幸遭遇》的文章引发关注，让教材编写改编原著、名篇这一话题，再度进入公众视野。

文章称："语文教材的编者对萧红作品进行了拙劣的改动。如2019年'人教版'小学《语文》课本三年级下册《火烧云》一文，它宣称选自《呼兰河传》，却与原著出入极大——节选部分不足800字的原文，被删去了200多字，剩下的四分之三篇幅也被改动多达百余处。"

这早已不是语文教材编写中改编原著、名篇第一次引发争议。此前就有作者吐槽，自己的文章被选为教材内容，但被改得面目全非，有的甚至与自己想表达的意思相反。前述闹得沸沸扬扬的小学语文课文《打碗碗花》中"外婆"被改成"姥姥"，也是例证之一。

那么，入选教材的文章能不能修改？修改的原则是什么？谁来修改？怎么判断修改是否合适？

以上问题，很有厘清的必要。

语文教材编写，当然可以对原著进行适当修改，而不是必须原封不动，但要做到适当。

首先，要体现对原著版权的基本尊重。对于仍在世的原著作者，应该在入选、改编时，征求原著作者的意见，不能不征求意见，就私自改编。有些编者可能会认为，作品入选教材是作者的荣誉，只要入选，再怎么改编，对方都不会有什么意见。这种观点显然没有法律依据。

而对于已经去世的作者，在入选教材进行必要的修改时，也要尊重原著本身的表达，更不能扭曲其原意。对"萧红入编课本被改动"事件而言，不足800字的文章删去200多字，剩下四分之三的篇幅也被改动多达百余处，显然已超出适当范畴了。

那么，语文教材有什么特殊之处？一篇文章被选入教材，为什么要修改呢？修改文章有没有规则可循？教材编者修改原作应注意什么问题？

这里引用人民教育出版社高级编辑陈恒舒文章《语文教材选文的改与不改》中的部分段落作一些回答——

关于"选文是否可以修改"的问题，按照《中华人民共和国著作权法》的相关规定，教材的编写者和出版方在没有取得选文原作者授权情况下，是不能对其作品做出改动的，否则就有可能构成侵权。

但也应该看到，语文教材带有汇编作品的性质，汇编的对象往往是已经公开出版或发表的作品。这些作品有的编校精审，有的则不免存在一些内容或编校方面的瑕疵。而语文教材又不同于一般的汇编作品，它承担着培养学生运用祖国语言文字能力的功能，对于选文的要求尤为严格。

如果把那些属于原文的瑕疵尽数保留，势必影响教学效果，在社会上也可能会引发争议。从这一点上来说，选文的修改是在所难免的。

中华人民共和国教材事业的先驱叶圣陶先生对于语文教材选文的修改问题有过精辟的论断。

1962 年 8 月 22 日，叶老在写给人教社中学语文编辑室的一封信中，对于入选高中语文教材第三册的《谈学逻辑》等七篇选文谈了自己的看法，进而谈及选文的修改加工问题：

"质直言之，此七篇仅为粗坯，尚待加工，如其原样，实未具语文教材之资格……所选为语文教材，务求其文质兼美，堪为模式，于学生阅读能力写作能力之增长确有助益。

"而此七篇者，姑谓其质皆属精英，若论其文，则至为杂芜。意不明确者，语违典则者，往往而有，流行之赘言，碍口之累句，时出其间。以来是为教，宁非导学生于'言之无文'之境乎？是诸篇之作者译者弗顾及此，信笔挥洒，遽尔付与报刊，印成书本，贻不良影响于读者，固不获辞其责，然彼辈初未料将以其著译为语文教材也。

"……小有疵类，必为加工，视力所及，期于尽善。不胜其加工者，弃之弗惜。据实言之，苟至于不胜其加工，其质亦必非精英矣。"

这段话要言不烦地向我们阐明了教材选文修改这一工作的合理性和必要性。

随着人们著作权意识的增强和相关法律法规的颁布，教材选文的修改似乎成了一个棘手的问题，编者有时会因此陷入"改，还是不改"的矛盾之中。我认为大可不必如此。

《中华人民共和国著作权法》中的相关规定，意在限制、约束那些侵害著作权人合法权益，特别是一些滥施刀斧、臆改妄改的行为。如果是著作权人授权编者修改，或者是著作权人根据编者的建议亲自修改，自然不存在侵权问题；有时由于种种原因无法事先联系著作权人，须由编者先行代为修改，则应当慎之又慎，务求每一处改动都有充分的理由，这样也便于事后向著作权人解释并征得其同意。

明确了"教材选文可以在征得著作权人同意的情况下进行修改"之后，接下来就是修改原则的问题。

关于教材选文的修改原则，参加过中华人民共和国成立后多套语文教材编写的黄光硕先生有一段非常精辟的说明：

"选文的文字加工，必须十分慎重，特别要注意'必要'二字。改动过多，可改可不改的也改了，或损伤了原作的精华和风格，都是不妥当的。需要修改的课文，最好由编者提出要求，请原作者修改。经编者修改的文字，要尽可能征得作者的同意。

"加工修改是为了使文章更具有典范性，必须保留原文的精华和风格。要尊重原作者，可改可不改的，不改；非改不可的，要向原作者说明。加工修改已经发表过的文章，作者是有不同看法的，有的表示欢迎，有的不大同意。

"作者对修改有意见，主要是编者把可以不改的也改了，或者损伤了原作的风格，或者对改动的地方没有做必要的说明，作者不明了编者改动的意图。我们如果采取既对学生负责又对作者负责的态度，认真慎重地进行加工修改，作者是会同意的。"

......

第七章

坚守公版作品的版权底线

我国现行的著作权法规定,著作权即指版权,分为财产权和人身权两大类。人身权又包括发表权、署名权、修改权、保护作品完整权等权利。作品的发表权和财产权的保护期为作者终生及其死亡后50年,截止于作者死亡后第50年的12月31日。从第51年的1月1日起,这类作品就进入了公有领域,俗称公版作品。

按照这一规定,他人出版、改编、翻译、演绎、传播公版作品,无需征得作者家属或著作权继承人的同意,也不用支付版权使用费。比如《西游记》《红楼梦》《水浒传》《三国演义》等古典文学名著，以及近现代名家鲁迅、朱自清等人的作品。

但是，作者的署名权、修改权、保护作品完整权等人身权是没有期限限制的，永远受著作权法保护。因此，出版者、演绎者、传播者、使用者在出版、演绎、传播、使用过程中应该尊重作者的人身权，即精神权利。

推而广之，公版书也有应当厘清的版权底线。

一、版权归属，何去何从

1966 年 9 月，著名翻译家、文艺评论家傅雷逝世。按照著作权法有关规定，50 年后，也就是从 2017 年 1 月 1 日起，他的著作悉数进入公有领域，成为公版作品。

但是，傅雷之子傅敏对此持不同看法。他曾委托律师发表声明，称《傅雷家书》的完整著作权属于经过删节、选编的汇编作品，傅敏享有汇编作品《傅雷家书》独立的著作权，并非公版作品。因此，禁止他人直接以"傅雷家书"字样作为书名出版，禁止他人摘录、编入傅雷的其他作品。

这是近几年来公版书领域最典型的案例之一。

按照著作权法的规定，虽然公版作品财产权过了版权保护期，但是，如果对公版作品进行汇编、选编，而选择和编排又是具有独创性的，就能构成著作权法中的"汇编作品"——汇编者对汇编作品依法享有著作权，那么，对这类汇编作品的出版、翻译、演绎、使用、传播，只有经过汇编者的授权并支付报酬，才能不侵权。

在当时的市面上，含有"傅雷家书"字样的书籍，有的图书仅有傅雷夫妇的家信，有的则不仅包含傅雷夫妇在 1954 年到 1966 年间写给儿子、儿媳的家信，还有儿子的回信、楼适夷代序以及书信的中文译文等。

傅敏与经他转让版权的图书公司主张，《傅雷家书》本身构成汇编作品，著作权人是傅敏。因此，选编出版任何内容都被认定侵犯了傅敏对汇编作品享有的完整著作权，尤其是修改权。这也是法院判决多数《傅雷家书》案胜诉的主要理由。

原告主张，《傅雷家书》已经成为具有一定影响的商品名称，只要没有得到授权的其他出版社出书使用，就被认为违反了《反不正当竞争法》第六条第（一）款的规定，"擅自使用与他人有一定影响的商品名称、包装、装潢等相同或者近似的标识"，给消费者造成混淆和误认，构成不正当竞争，进而要求经济赔偿。

尽管傅敏及其转让版权的图书公司在此前的多个诉讼中胜诉，但是，仍有多位专家对上述主张持不同意见：傅敏选编的《傅雷家书》按照年代顺序编排是最常见的传统方法，没有体现智力创造性，不具有独创性。因此，不构成著作权法意义上的汇编作品。傅敏对其并不享有著作权，被诉出版单位的出版行为没有构成侵权。

另外，其他出版单位对《傅雷家书》中书信的删节和取舍，并未修改其具体内容，因此，也不涉及侵犯修改权。

2020 年 5 月，江苏省高级人民法院对傅敏诉应急管理出版社侵权上诉案件作出终审判决。

终审法院认为，被控侵权图书所作的删节，并未对选取的家信内容作出任何变更或文字、用语方面的修正；因此，出版社对傅雷家信片段进行汇编，属于合理行使汇编权，并未侵犯傅雷对其作品的修改权。

虽然"傅雷家书"几个字作为书名，在图书市场具有较高的知名度，且具有一定的影响力，但"傅雷家书"字样只是对傅雷家信类作品命名的限制性表达，不具有区分商品来源的显著特性——商品购买方（读者）不能通过使用（阅读）就知道该商品（图书）名称就是汇编者傅敏所有。

因此，当《傅雷家书》不属于《反不正当竞争法》中所述"有一定影响的商品名称"时，汇编者对《傅雷家书》书名的不当垄断，就将阻碍进入公有领域作品的使用与传播。《傅雷家书》不应成为某一市场主体享有权利的特有名称，被告使用"傅雷家书"字样作为书名是对该作品内容客观表述的正当使用，不构成不正当竞争。

最终，法院撤销一审法院认定被告侵犯修改权和构成不正当竞争的判决，仅仅维持了一审法院关于被告侵害代序和中文书信译文著作权的判决。

这个终审判决对公版作品的汇编出版和公版作品标题的使用，具有里程碑意义，廓清了多年来出版界遭遇的诸多困惑与法律边界。

那么，出版《傅雷家书》系列作品应该如何署名呢？

根据作品所选内容合理、合法地为其命名，是目前大多数出版机构给出的答案。

同时，如果书中收入了楼适夷的代序《读家书，想傅雷》一文，或者金圣华翻译的傅雷夫妇给儿子、儿媳的英、法文信的译文——这些内容都在版权保护期内——选入时应当取得傅敏的授权并支付稿酬，并在相应位置为楼适夷、金圣华署名，因为，傅雷家族取得了上述作品的著作权。

美国著名记者埃德加·斯诺的代表作《红星照耀中国》（又称《西行漫记》）一书，自1938年胡愈之以"复社"名义、秘密组织翻译、出版后便大受欢迎。

1979年，三联书店出版了著名翻译家董乐山重译的《西行漫记》，两年时间就发行165万册，影响巨大。

目前，图书市场上存在多个版本，如人民文学出版社的董乐山译本、人民教育出版社的胡愈之等人的译本、人民东方出版传媒有限公司的董乐山译本、长江文艺出版社的王涛译本、重庆出版集团的董乐山译本、外语教学与研究出版社的中英文对照本（王涛译）等。

2017年，教育部统编八年级（上册）语文教科书名著导读部分选入该书片段，作为纪实作品的阅读范文推荐阅读；2020年4月，该书被列入《教育部基础教育课程教材发展中心中小学生阅读指导目录（2020年版）》初中段必读书目，进一步推动了该书的热销。其中，人民文学出版社的《红星照耀中国》版本影响最大。截至2022年年底，该书发行量已近1500万册。

1972年2月15日，埃德加·斯诺身患癌症在瑞士去世。按照我国1991年6月1日开始实施的著作权法、1992年加入的《保护文学艺术作品伯尔尼公约》和《世界版权公约》的规定，外国作品在我国的版权（发表权和财产权）保护期为作者有生之年及死亡后50年。埃德加·斯诺作品自2023年1月1日起进入公版领域，任何机构再无需获得斯诺基金会和斯诺后人的授权，也无需支付任何费用，即可出版、改编、演绎、传播斯诺的图书。

我国现行著作权法第二十二条规定，作者的署名权、修改权、保护作品完整权等人身权的保护期不受限制。第二十三条规定，发表权的保护期和作品财产权的保护期相同，为作者终生及其死亡后50年，截止于作者死亡后第50年的12月31日。《著作权法实施条例》第十五条规定，作者死亡后，其著作权中的署名权、修改权和保护作品完整权由作者的继承人或者受遗赠人保护。著作权无人继承又无人受遗赠的，其署名权、修改权和保护作品完整权由著作权主管部门保护。

从上面著作权法、条例中的有关条款可以看出，公版作品不受著作权法保护的仅仅是发表权和财产权（即经济权利）。即作品进入公有领域后，不再需要经过继承人或其他权利人的许可、不再需要支付稿酬。但是，公版作品的署名权、修改权和保护作品完整权等人身权（即精神权利）永远受保护，不得不署名或变更署名，更不得擅自对作品进行修改、歪曲或篡改。对此，作者的继承人或者受遗赠人有权主张权利，进行保护。对作者人身权构成侵犯的，侵权人不仅需要公开赔礼道歉、停止侵权，也应当支付精神损害抚慰金和经济损失。

关于公版作品的定义，各国有不同规定。

2023 年年初，国内有关媒体援引美国媒体报道称，自 2023 年起，1927 年出版的英国推理小说作家阿瑟·柯南·道尔的"福尔摩斯探案系列"全部作品版权保护到期，进入公有领域。美国驻华大使馆也发布了这一消息。

上述中文信息给人的感觉是，《福尔摩斯探案全集》是 2023 年才在全世界成为公版作品的。其实不然。各国对公版作品的定义不尽相同，美国媒体的这一报道仅仅说明，《福尔摩斯探案全集》在美国刚刚公版，而不是在中国。

根据美国版权法规定，作品的版权期限为作者终生及逝世后 70 年，雇佣作品（美国版权法中特有的概念。这类作品的雇主为作者，著作权由雇主享有）的版权期限为作品首次发表后的 95 年，同时，对版权保护期还有其他复杂的规定。因此，"福尔摩斯探案系列"作为雇佣作品在美国的保护期为首次出版（1927 年）后的 95 年，即 2022 年 12 月 31 日止。

但是，按照我国著作权法，以及我国加入的《保护文学艺术作品伯尔尼公约》和《世界版权公约》的规定，在我国，作品发表权和财产权的保护期为作者终生及死亡后 50 年，截止于第 50 年的 12 月 31 日。从第 51 年的 1 月 1 日起，进入公有领域，成为公版作品。

著名推理小说家阿瑟·柯南·道尔生于 1859 年 5 月，卒于 1930 年 7 月。截至 1980 年 12 月 31 日，小说家已去世满 50 年。因此，自 1981 年起，他的所有作品在我国已成为公版。目前，以译林出版社为代表的出版机构已先后发行了由不同译者翻译的多个版本。

在图书市场上，许多外国文学类图书，尤其是低幼类儿童读物，包括寓言、儿歌、童谣、经典童话、成语故事等，其原著作者署名经常遭到忽略，对公版领域的中外经典名著的选编、改写、编译等，往往只有演绎者的姓名，如"某某选编""某某改写""某某编译",而原著作者的署名经常置于某个被遗忘的角落。更有甚者,在某些标有"外国文学名著赏析""新课标名著导读"等字样的中小学生课外读物中,不仅不署原著作者名,也不标明出处,而且有意省略中文译者的署名。这类"攒稿""洗版"行为,既侵犯了公版作品作者的署名权,也是对公版作品译者著作权的侵犯。

2016年,当英国小说家、剧作家威廉·萨默塞特·毛姆(1874—1965年)的作品进入公有领域后,著名翻译家傅惟慈的家人曾向媒体反映,多家出版社发行的毛姆的《月亮和六便士》抄袭了傅惟慈的译本。

这种对他人智力劳动成果的直接剽窃、"洗版"行为,单靠译者只身维权,往往调查取证困难、维权周期长、效果甚微。同时,这些作品的译文质量也令人担忧,损害读者的文化权益不说,还扰乱出版市场秩序,败坏社会风气。

侵害著作权法中的人身权往往还涉及精神损害赔偿。按照北京市高级人民法院《关于侵害知识产权及不正当竞争案件确定损害赔偿的指导意见及法定赔偿裁判标准》(2020年)的规定,侵害著作人身权情节严重,且适用停止侵权、消除影响、赔礼道歉仍不足以抚慰原告所受精神损害的,应当判令支付精神损害抚慰金,精神损害抚慰金一般不低于5000元,不高于10万元。

如果此时译者或继承人勇敢地拿起法律武器进行诉讼维权,既可以追究侵权人的民事赔偿责任,要求其公开赔礼道歉,也可以要求侵权一方赔偿精神损害抚慰金,下架、召回、销毁侵权图书。由于这种侵权行为损害社会公共利益,还可以要求版权主管部门或文化市场综合执法部门追究其行政责任。销售侵权盗版书的电商极有可能被追究刑事责任,而平台须承担相应民事和行政责任。

二、古籍点校本,有法可依

流传千百年的古籍是中华民族的宝贵精神财富,也是人类社会共同的财富。自觉推动优秀传统文化实现创造性转化、创新性发展,必能推动中华文化持续繁荣,更好构筑中国精神、中国价值、中国力量。根据著作权法有关规定,古籍本身是公版书,可以不受版权限制。虽说公版书经过了时间的检验,具有很大的资源市场,但出版审核时需要注意一些问题,尤其要注意规避投机取巧的行为。比如，随意删减内容、粗制滥造等。

为此，经过专家标点、断句、分段落、补遗、校勘、整理、注释等劳动成果形成的"点校"本，由于包含了人类智力劳动，也可能获得版权保护。司法实践中，古籍点校本是否受版权保护，往往需要对古籍点校的智力劳动是否具有独创性、是否构成著作权法意义上的作品，进行个案分析判断。

学术界对此多有争论，但一般认为，简单的标点、断句往往很难被认定具有独创性，而复杂的整理需要较高的专业知识、一定的智力劳动，可能具有独创性。在司法实践中，已有多起案件判决认定，古籍点校本的智力劳动应当获得尊重，但司法保护的不是古籍内容本身，而是点校者、整理者、出版者的独创性智力劳动部分。

以出版古籍经典为特色的中华书局曾就多家单位将"二十四史"和《清史稿》点校本制作成电子书、数据库、内置于电子阅读器等行为，进行侵犯著作权起诉，大都获得了法院的支持。

"二十四史"是国人家喻户晓的经典古籍，由中国古代24部纪传体史书组成，记述的范围上至传说中的黄帝，下至明末崇祯皇帝，涵盖经济、文化、天文、地理等各方面的内容，包括《史记》《汉书》《后汉书》等。2019年9月19日，中华书局"点校本二十四史国庆七十周年纪念珍藏版"捐赠入藏国家图书馆仪式在国家典籍博物馆举行。

捐赠仪式上，中华书局有关负责人分享了点校本"二十四史"出版的幕后故事。

乾隆时代，武英殿本"二十四史"作为标准本，享有很高的地位，却有诸多不足之处。近代以来，商务印书馆搜求各时代的善本，编成百衲本（将多种不同书版之善本残卷、零页辑补而成一部完整的书）"二十四史"。传统的"二十四史"没有标点、断句，读起来有一定困难。于是，中华书局"二十四史"及《清史稿》点校本便应运而生了。除了对上述史书进行校订外，还加上了标点。

该负责人介绍道，20世纪50年代，中华书局组织全国200余位专家学者，对"二十四史"点校本进行整理，这是中华人民共和国成立以来最宏大的古籍整理出版工程。

1957年，郑振铎先生在政协会刊发表了整理古书的提议，里面明确提到"二十四史"亟待一番整理，且必须立即执行。

这项工作是从 1958 年开始的。"二十四史"第一部——《史记》由顾颉刚先生挂帅整理，他对《史记》有一个非常理想的整理方案。

从 1958 至 1978 年，在全国学术界、出版界通力合作下，点校本"二十四史"的出版工作历时 20 年终于完成。

启功先生珍藏的一张老照片清晰地记录了这件大事。照片题名为《标点廿四史清史稿同人合影》，并手书每个人的姓名：顾颉刚、白寿彝、赵守俨……都是在学术界颇有分量的人物。

在中华书局这位负责人看来，点校本汇集各种版本之长、集中反映历代校勘成就，以其符合规范的标点校勘、便于阅读的印装形式，出版后很快成为"二十四史"的现代标准本，使传世古籍真正走出书斋，走向社会，服务文史学界和广大读者。

时光转瞬而逝。点校本"二十四史"的全部出齐，距今已有 40 余年时间。2019 年，中华书局特推出点校本"二十四史"国庆七十周年纪念珍藏版，在该版本中，有一册《国史千秋》，首次公开了大量珍贵档案、罕见照片，系统梳理了点校本"二十四史"当年的出版历程。

从上述点校本"二十四史"出版始末便能明白，中华书局的维权为何能获得法院的支持。

另外，对那些尚不构成作品或达不到出版要求的公版内容进行注释、整理后产生了新的作品，汇编若干作品（包括公版内容）、作品的片断或者不构成作品的数据以及其他材料的，其选择、编排具有独创性，从而构成了汇编作品，诸如此类。整理者、汇编者同样依法享有著作权，其作品受法律保护，出版、传播、演绎应当获得他们授权并支付给他们报酬。

三、演绎公版经典，且行且珍惜

对《西游记》进行改编多年来方兴未艾。除了 20 世纪 80 年代堪称经典的电视连续剧，给观众们留下深刻印象的当属电影《大话西游》。电影中塑造了一个为情所困的孙悟空，主题歌《一生所爱》更是一夜爆红，多年来传唱不衰。

近年来，借用《西游记》的概念，在各种网络小说、影视作品乃至电子游戏中"再创作"的例子也不胜枚举，除了拿孙悟空做文章，还有人打起了唐僧的主意。这不，就有一部青春偶像剧，讲的是唐僧在取经路上"失忆"，然后与一位少女发生了情感纠葛，内容可谓粗制滥造，荒诞不经。

文化圈里流行着一种说法："西游"和"三国"属于国内最有号召力的文化IP，从文化到经济的转化力非常惊人，影响力远至海外。

除此之外，金庸的《射雕英雄传》《神雕侠侣》《鹿鼎记》也同样经历了数次翻拍、改编和演绎。《射雕英雄传》，在原著之外演绎出《东邪西毒》《九阴真经》等不同版本的"前传"，其质量和口碑却参差不齐。

根据著作权法第十三条规定，改编、翻译、注释、整理已有作品而产生的作品属于演绎作品，其著作权由改编、翻译、注释、整理人享有，但行使著作权时不得侵犯原作品的权益。

长期以来，出版界、影视界、游戏界对公版经典名著的改编、改写和演绎情有独钟。但是，上述很多行为，一味追求娱乐性，为博人眼球往往没有道德、法律底线，甚至违背人们对经典原著的一贯认知，改编、演绎任性而随意，不仅配图与文字内容严重不符，甚至无底线地歪曲、篡改，严重侵犯了原著作者的署名

全国人大常委会表决通过著作权法第三次修订的决定

权、修改权和保护作品完整权。这无疑在一定程度上破坏了市场竞争秩序，有损社会公共利益。但是，由于名著后人和公众不了解著作权法对人身权保护没有期限限制的规定，所以，这类问题诉至法院的不多，公众和媒体大多是从道德层面对其予以谴责。

四、民间文艺作品，亟待细节关照

目前，《民间文艺作品版权保护条例》还在立法阶段，以致一些出版单位在出版汉族和少数民族的民歌、民间故事、民间文学、神话传说类图书以及相关音像制品、有声读物时，因缺乏法律常识、不清楚具体的行政法规，常常视这类作品为公版作品，容易忽略了整理者、记录者、表演者的署名，造成署名错误或者署名不当，产生版权纠纷。

"乌苏里江来长又长，蓝蓝的江水起波浪"，这首脍炙人口的赫哲族民歌《乌苏里船歌》因为著名歌唱家郭颂的编曲和演唱而广为流传。但这首赫哲族民歌还发生了一起著作权纠纷案，被称为"中国民间文学艺术作品著作权纠纷第一案"。

《想情郎》是一首世代流传在乌苏里江流域赫哲族中的民间曲调。该曲调在20世纪50年代末第一次被记录下来。在同一时期，还首次搜集并记录了与上述曲调基本相同的赫哲族歌曲《狩猎的哥哥回来了》。

1962年，郭颂、汪云才、胡小石到乌苏里江流域赫哲族聚居区采风，搜集到了包括《想情郎》等在内的赫哲族民间曲调，在此基础上，共同创作完成了《乌苏里船歌》音乐作品。

1963年，该音乐作品首次在中央人民广播电台录制，录制记录上载明——作者：东北赫哲族民歌；演播：黑龙江歌舞团郭颂。1964年10月，百花文艺出版社出版的《红色的歌》第6期刊载了歌曲《乌苏里船歌》，上面署名为赫哲族民歌，由汪云才、郭颂编曲。

1999年11月，中央电视台与南宁市人民政府共同主办了"99南宁国际民歌艺术节"开幕式晚会，晚会上宣称《乌苏里船歌》作曲为汪云才、郭颂。南宁国际民歌艺术节组委会将此次开幕式晚会录制成VCD光盘。北辰购物中心销售的刊载《乌苏里船歌》音乐作品的各类出版物上，署名方式均为"作曲：汪云才、郭颂"。

晚会节目播出后，在赫哲族群众中引起很大反响，许多赫哲族人一直认为《乌苏里船歌》是赫哲族民歌，却一夜之间变成了别人的作品，认为郭颂等人侵犯了其著作权。

于是，2001年，黑龙江省饶河县四排赫哲族乡人民政府向北京市第二中级人民法院提起诉讼，要求郭颂、中央电视台以任何方式再使用《乌苏里船歌》时，应当注明"根据赫哲族民间曲调改编"。

在庭审时，原告明确仅指控音乐作品《乌苏里船歌》曲调的著作权侵权行为，而不涉及该音乐作品的歌词部分。

原告四排赫哲族乡政府起诉称：《乌苏里船歌》是赫哲族人民在长期劳动和生活中逐渐产生的反映赫哲族民族特点、精神风貌和文化特征的民歌。该首歌曲属于著作权法规定的"民间文学艺术作品"，应当受到我国著作权法的保护，赫哲族人民依法享有署名权等精神权利和获得报酬权等经济权利。在"99南宁国际民歌艺术节"晚会上，中央电视台宣称《乌苏里船歌》的作曲为汪云才、郭颂，该晚会还被录制成VCD光盘向全国发行，使侵权行为的影响进一步扩大。北辰购物中心销售了包含原告享有著作权的《乌苏里船歌》的侵权VCD复制品、图书和磁带。被告的行为侵犯了原告的著作权，伤害了每一位赫哲族人的自尊心和民族感情。

于是请求法院判令被告：一、在中央电视台播放《乌苏里船歌》数次，说明其为赫哲族民歌，并对侵犯著作权之事作出道歉；二、赔偿原告经济损失40万元，精神损失10万元；三、承担本案诉讼费以及因诉讼支出的费用8305.43元。

双方争议的焦点是：《乌苏里船歌》是原创还是改编，原告是否有权主张权利。

一审法院在审理过程中，根据双方当事人的申请，委托中国音乐著作权协会从作曲的专业角度对音乐作品《乌苏里船歌》与《想情郎》等曲调进行技术分析鉴定。鉴定报告结论为：《乌苏里船歌》的引子及尾声为创作，但其主部即中部主题曲调与《想情郎》《狩猎的哥哥回来了》的曲调基本相同。《乌苏里船歌》是在《想情郎》《狩猎的哥哥回来了》原主题曲调的基础上改编完成的，应属改编或编曲，而不是作曲。

据此，一审法院经审理认为，以《想情郎》和《狩猎的哥哥回来了》为代表，世代在赫哲族中流传的民间音乐曲调，属于赫哲族传统的一种民间文学艺术作品形式。而《乌苏里船歌》作为一首脍炙人口、家喻户晓的民歌音乐作品，其主曲调是郭颂等人在赫哲族民间曲调《想情郎》的基础上，进行了艺术再创作后改编完成的作品。《乌苏里船歌》的整首乐曲应为改编作品，郭颂等人在使用音乐作品《乌苏里船歌》时，应客观地注明该歌曲曲调是源于赫哲族传统民间曲调改编的作品。

同时，一审法院认为，由于民间文学艺术具有创作主体不确定和表达形式在传承中不断演绎的特点，因此，在民间文学艺术的权利归属问题上有其特殊性。赫哲族世代传承的民间曲调，是赫哲族民间文学艺术的组成部分，也是赫哲族每一个群体和每一个成员共同创作并拥有的精神文化财富。它不归属于赫哲族某一个成员，但又与每一个成员的权益有关。赫哲族中的每一个群体、每一个成员都有维护本民族民间文学艺术不受侵害的权利。该民族乡政府既是赫哲族部分群体的政治代表，也是赫哲族部分群体公共利益的代表。在赫哲族民间文学艺术可能受到侵害时，鉴于权利主体状态的特殊性，为维护本区域内的赫哲族公众的权益，在体现我国宪法和特别法律关于民族区域自治法律制度的原则，且不违反法律禁止性规定的前提下，原告作为民族乡政府，可以以自己的名义提起诉讼。

2002年12月27日，北京市二中院判决：一、郭颂、中央电视台以任何方式再使用音乐作品《乌苏里船歌》时，应当注明"根据赫哲族民间曲调改编"；二、郭颂、中央电视台于本判决生效之日起30日内在《法制日报》上发表音乐作品《乌苏里船歌》系根据赫哲族民间曲调改编的声明（声明内容需经本院准许，逾期不执行，本院将在全国发行的报纸上公布本判决内容，相关费用由郭颂、中央电视台负担）；三、北京北辰购物中心立即停止销售任何刊载未注明改编出处的音乐作品《乌苏里船歌》的出版物；四、郭颂、中央电视台于本判决生效之日起30日内各支付黑龙江省饶河县四排赫哲族乡人民政府因本案诉讼而支出的合理费用1500元；五、驳回黑龙江省饶河县四排赫哲族乡人民政府的其他诉讼请求。

2003年12月17日，北京市高级人民法院作出终审判决：驳回上诉，维持原判。

该案的判决，对于我国民间文学艺术作品的版权保护具有多个首创意义——首次在司法实践中明确了民间文学艺术作品在我国应受到法律保护；首次明确了民间文学艺术的概念，民间文学艺术是"某一区域内的群体在长期生产、生活中，直接创作并广泛流传的、反映该区域群体的历史渊源，生活习俗、生产方式、心理特征、宗教信仰且不断演绎的民间文化表现形式的总称"；首次明确了民间文学艺术作品的权利主体；首次明确了民间文学艺术作品的保护宗旨：在禁止歪曲和商业滥用民间文学艺术的前提下，鼓励合理开发、利用民间文学艺术，使其发扬光大，不断传承发展。

再看看中国古代神话传说。

中国古代神话大都是由有"中国神话学大师"之誉的袁珂整理并翻译为白话文的，但是很多出版社误以为这是公版内容，没有必要再给整理者署名，自然也没有取得袁珂继承人的授权。

1950 年，袁珂的第一部神话专著《中国古代神话》出版。这是我国第一部系统的汉民族古代神话专著，由此奠定了袁珂的学术声望。之后，他又撰写了《袁

《中国古代神话》俄文版（袁珂 著）

珂神话论集》《中国神话百题》《山海经校注》《中国民间传说》等20多部著作及800余万字的论文。他的著作被翻译成俄、日、英、法等多种语言，部分作品被中国、日本、美国、新加坡等国选入学校课本。

2019年，笔者在阿塞拜疆访问期间，在一家旧书店幸运地淘到一本1987年苏联科学出版社东方文学总编辑部翻译出版的袁珂著《中国古代神话》俄文版。

另外，民间文艺作品中还有相当一部分经典处于"灰色地带"，如作者信息不明的"孤儿作品"、作者去世时间不详的作品，因为没有人站出来主张权利，一些出版商也在擅自出版。

这里值得一提的是，全国第一例因整理神话传说而引发的著作权纠纷——"盘古神话故事"著作权之争。其前因后果被详尽地刊登于《公民与法治》杂志2008年第10期，以下是部分内容摘录：

2004年11月，隶属南阳市的桐柏县开始申报"中国盘古之乡"称号，并举办桐柏盘古文化研讨会。2005年5月30日，中国民间文艺家协会正式命名桐柏县为"中国盘古之乡"，并于当年10月授牌。桐柏县还全面进行盘古文化的挖掘和包装，使人文景观与自然景观相得益彰。

该县投资1000多万元，开发了盘古溪、通天河、鸳鸯池、桃花洞等文化旅游线路，相继完成了盘古开天雕塑、盘古殿、盘古村等建设工程。2006年，该县积极开展盘古文化申报参评"中国非物质文化遗产"获得成功，"盘古庙会"被确定为河南省第一批非物质文化遗产代表……

泌阳县与桐柏相邻，隶属驻马店市，泌阳县有一座险峻的盘古山，传说就是盘古开天辟地时居住的地方。在这种背景下，泌阳也启动了盘古文化遗产的收集、整理工作。桐柏县挂牌"中国盘古之乡"两个月后，泌阳县通过中国民间文艺家协会，取得了"中国盘古圣地"之名。2006年农历三月三，盘古山所在的陈庄乡更名为盘古乡。2006年下半年，为配合"盘古圣地"的宣传，泌阳县文化局原副局长和泌阳县史志办副主任编辑出版了《盘古神话》，记述了泌阳的盘古山名胜古迹、盘古庙会、地方风俗及盘古故事。

2006年8月，国际神话学学术研讨会在泌阳县举行。桐柏县文联的马卉欣参加了会议。会上，举办方给每位参会人员发了4本书，介绍该县的民间盘古文化，其中包括一本《盘古神话》。该书于 2006 年 8 月出版，两位主编分别为泌阳县文化局和史志办的有关同志。

在翻看《盘古神话》一书后，马卉欣发现，这本书和自己编的《盘古之神》内容高度一致，甚至连语句、段落、结构等都完全一样。再细读下去，马卉欣感到不解。自己所著书中的故事流传地在桐柏县，该书的流传地变成了泌阳，故事记录人的名字也变成了他人。而且，该书的序言中，竟然将"八子山""歪头山"等桐柏境内的地名归到了泌阳县……

2007 年 6 月，马卉欣以著作权被侵犯为由，将《盘古神话》一书的两位作者及出版单位、印刷单位起诉至南阳市中级人民法院。

2007 年 10 月 31 日，法院公开审理了此案，双方就神话传说是否应享有著作权等展开了辩论。

马卉欣认为，桐柏是中国盘古神话根源地，《盘古神话》的抄袭部分未注明出处，未征得他的同意，更没有支付劳动报酬，对方的行为已构成侵权。出版社未按法定程序，未征得他同意，出版发行侵权作品，引起了一定后果和影响，同样也构成侵权。

两位作者接到法院传票后辩称，受著作权法保护的作品一定要具有独创性。马卉欣的作品里的神话故事已在泌阳流传几千年，他只是将讲述人的讲述整理成了文字，没有付出创造性的脑力劳动，其作品不应该受法律保护。所以，他们的行为并不存在侵犯其著作权的问题。

法院审理后认定，对于民间文学艺术作品发掘、整理和研究的成果，一经发表，就可视为一般文学作品，按一般文学作品保护其著作权。马卉欣长期从事盘古神话的考察和研究，在民间盘古神话传说的基础上，整理出版了《盘古之神》，该书蕴涵了创造性的劳动，体现了其独特的语言风格，可按一般文学艺术作品保护其著作权。《盘古神话》部分内容属挖掘、整理的，但也有部分内容直接抄用了《盘古之神》，明显存在剽窃故意，构成侵权。

2008 年 3 月 17 日，南阳市中级人民法院作出一审判决：被告停止出版、印刷、销售《盘古神话》一书，并在省级报纸上公开向马卉欣赔礼道歉。二作者赔偿马卉欣经济损失 5 万元，出版社和印刷单位承担连带赔偿责任。

一审判决后，二作者不服，提起上诉。

后经河南省高级人民法院审理，作出终审宣判：二作者停止《盘古神话》一书中的《盘古开天辟地》《滚磨成亲》等8篇文字内容侵犯《盘古之神》一书相应内容著作权的行为，并在省级报纸上公开赔礼道歉、赔偿马卉欣经济损失8000元。

民间文学艺术是中华文明和民族文化的重要瑰宝。建立民间文艺著作权保护立法是保障与促进民间文艺搜集、登记、整理、传承、利用、弘扬、保护和发展的重要支撑。著作权法第六条规定，民间文学艺术作品的著作权保护办法由国务院另行规定。国家版权局几次发布《民间文学艺术作品著作权保护条例（征求意见稿）》，委托中国文字著作权协会、中南财经政法大学进行民间文学艺术作品著作权保护调研，在内蒙古、江苏、四川、贵州4个省，山西晋城、黑龙江佳木斯、江苏扬州、安徽黄山、江西抚州、山东潍坊、广东潮州、贵州毕节8个市，开展民间文艺著作权保护与促进试点工作，积极参与世界知识产权组织《保护传统文化表现形式条约》等国际版权条约的实质性磋商。

构建具有中国特色的民间文艺著作权保护法律体系，对于中华优秀传统文化创造性转化、创新性发展，维护民间文艺创作者和传承者合法权益、合理处理当事人之间的纠纷、促进民间文艺保存和利用、推进世界文化多样性、文化可持续发展和文化安全、发展民间文艺相关版权产业，都具有十分重要的意义。

2021年2月，习近平总书记在贵州毕节市黔西县（现"黔西市"）新仁苗族乡化屋村考察调研时曾为苗绣点赞："苗绣既是传统的也是时尚的，你们一针一线绣出来，何其精彩！"一定要把苗绣发扬光大。这既是产业也是文化，发展好了既能弘扬民族文化、传统文化，同时也能为产业扶贫、为乡村振兴作出贡献。新一代绣娘将传统与时尚相结合，穿针走线，利用直播带货等现代传播手段，传承并创新民族传统的技艺和文化；将传统服饰、刺绣、蜡染、银饰、苗绣文创产品等"指尖技艺"通过多元跨界创造性转化，创新性发展，融合创新，转化成了"指尖经济"。

加强民间文艺著作权保护立法，按照保护第一、传承优先的理念，坚持守正创新，正确处理保护与利用、保护与发展、保护与开发等重大关系，始终把保护放在第一位，在保护中发展、在发展中保护。加强民间文艺著作权保护立法，不但能够为保护、传承与弘扬中华民族传统文化、传统知识提供重要支撑和保障，还能带动地方经济和文化发展，助力全面脱贫和乡村振兴，推动我国民间文学艺术走向世界，为推动世界知识产权组织制定相关国际条约提供中国方案。

五、封面设计与书名，如何界定著作权

版式设计权属于著作权法中的邻接权范畴，是我国著作权法赋予出版者的重要权利之一，受著作权法保护，保护期为 10 年。封面设计作为版式设计的一部分，如果能体现出设计师个性化构思，传递一定的艺术品味和美感，就构成著作权法意义上的美术作品。那么，设计者就依法享有著作权。

一般来说，公版书的封面设计由出版单位自行设计或委托他人进行设计。因此，公版书的封面设计同样适用上述法律规定。

2018 年 1 月 1 日起施行的新修改的反不正当竞争法，将原法中受到法律保护的"知名商品的特有名称"，修订为"有一定影响的商品名称"。由此，图书封面设计的版权保护被加上了双保险。也就是说，虽然封面设计未构成著作权法意义上的美术作品，不能受到著作权法保护，但是，如果公版书畅销，也可能属于新修订的反不正当竞争法规定的"有一定影响的商品名称、包装、装潢"，权利人可以根据此法保护自己的权益。

公版书的书名是否也受著作权法和反不正当竞争法保护呢？根据我国著作权法的规定，书名因不具备"作品"的构成要件，从而无法受到著作权法的保护。也就是说，不论作品是否成为公版，即使书名备受读者喜爱，如埃德加·斯诺的《红星照耀中国》（《西行漫记》）、米兰·昆德拉的《生命中不能承受之轻》（《不能承受的生命之轻》）、玛格丽特·米切尔的《飘》（《乱世佳人》）等，首次出版单位不享有书名的著作权，不可以禁止其他出版单位和机构使用。当然，如果想像封面设计那样，从反不正当竞争法中寻求保护，也要充分考虑书名能否被法院认定为"有一定影响的商品名称"。实践证明，这个举证难度很大，在一定程度上还涉及文化传播问题，所以，各地法院对此类诉讼的判决结果不尽相同。

至于有的出版单位想把书名注册成商标，试图用商标法来保护书名的相关权益，这种尝试也是几家欢乐几家愁。一般来说，书名作为通用名称，无法注册成商标；但是，附带设计图案、Logo、书法字体等具有审美特性的书名设计，作为整体是可以申请注册商标的。

第八章 『数字教育著作权』别再忽略了

大学课堂里，一位深受学生们喜爱的老师讲了堂精彩、生动的专业课，你作为台下的学生或旁听者，深受启发，于是掏出手机录制了整个教学过程。回家后，你拿出录制的视频回味一遍后觉得很好，想着让更多的人从中受益，于是，在没有征得老师同意的情况下，自作主张把视频发到朋友圈，对，仅仅是微信朋友圈，那么你也可能涉嫌侵权了。

在此之前，人们对"数字教育著作权"一词感到陌生，但如果有人告诉你上面的案例，你将豁然开朗，不再彷徨。

是的，数字教育著作权就是这一案例中所蕴含的知识产权。

2023年4月18日上午，北京互联网法院发布了《数字教育著作权案件审判情况白皮书》。白皮书显示，自2018年9月建院起至2022年12月，该院共受理数字教育著作权纠纷案件2700余件，起诉主体主要为出版社、教培机构、教师等，诉讼案件具有类型化、批量化的特征。

随着新技术不断完善发展，因点读笔、Al早教机器人、有声读物等新技术、新应用引发的新型侵权行为不断涌现。

"扫描点读笔上的二维码进行联网配置后，点读笔上的摄像头可识别出涉案教材并同步读出教材内容。AI早教机器人产品通过内置教材文件定向链接的方式，在线提供涉案教材的在线点读播放服务。"

北京互联网法院负责人指出，此类纠纷案件量将进一步上升，侵权形式多样，且较为隐蔽——通过销售、赠送、配音、在线课堂使用等多种方式使用他人教育产品；依托电商平台、教培平台、短视频平台、二手交易平台、网盘、网站、论坛、聊天工具等在线渠道或与其他主体分工合作，匿名提供、分享原告的教学教材、视频、录音、讲义、课件、答案等。

在本章开头的案例中，课程录制者未经授课教师授权，在线传播录制的授课视频，侵害了授课教师对其口述作品所享有的信息网络传播权，从而界定了课程录制者在线传播授课视频侵权行为的边界。因为，具有独创性的网络授课内容构成口述作品，受到著作权法的保护。而实践中，网课制作涉及授课教师、教育机构和平台等多个主体，在没有对这类口述作品的著作权归属进行约定的情况下，容易出现侵权纠纷。

同时，一连串与数字教育著作权密切相关的案例引起了大家的注意，尤其是关涉数字教育著作权的"冷知识"，更是在网上迅速扩散，引起强烈社会反响。

如教师授课所产生的口述作品，著作权一般归属于教师个人；客观机械录制类数字教育内容可作为录像制品受到保护；分工合作，在线提供他人教育产品的构成共同侵权；员工代表公司未经授权在线传播图书构成侵权；短视频汇集电子书主要内容，不构成合理使用，属于侵权；可依权利人商品单价乘以被告的获客数量，裁量性确定实际损失数额，等等。

该院负责人指出，数字教育领域的著作权侵权行为频发，损害著作权人的合法权利，应当成为网络空间著作权治理的重点。司法机关、行政机关、行业主体、有关平台应协同合作，不仅从源头上减少侵权行为的发生，推动数字教育行业的规范健康发展，而且要强化平台责任，数字教育平台、电商平台应依法履行对入驻主体的资质审核义务，尽到合理注意义务，加强对内容和用户的管理，有效预防侵权行为的发生。

同时，为进一步防范法律风险，北京互联网法院给出了可行性建议——

网课教师或其他课程开发主体，在课件制作、课堂讲授中使用教材、图片、音乐、视频时，要注意取得素材权利人的授权。同时，对于自己开发制作的课程，要注意保留创作、发表的证据，便于日后维权时证明时间、内容等事实。

数字教育机构应通过合同与网课教师明确约定网课过程中形成的口述作品、视听作品和录音录像制品等成果的权利归属，避免日后发生纠纷。

数字教育平台对第三方用户上传的内容要尽到合理的注意义务，在收到权利人通知时要及时删除涉嫌侵权内容。

参加网课学习的用户可能直接或间接参与网课内容创作，要注意平台或教育机构格式合同中关于这部分的权利归属约定。

第九章

版权交易平台的漏洞怎么堵

数字技术的发展，网络新媒体的普及，为作品的创作、使用、传播提供了更加快捷和便利的方式与模式，各种数字期刊、数字报、电子书、有声读物、图片、音乐、视频、音频、在线教育等聚合类版权交易平台、电子商务平台应运而生。众多平台在向创作者和使用者服务的同时，一些不规范运营行为也给权利人造成了侵害与困扰，干扰了正常的版权市场秩序。

事实上，前几年网络爆出的"黑洞照片"事件，就充分暴露了图片平台内部的经营理念、商业维权模式等亟待整改的问题。保护版权是社会共识，但版权交易平台不能为了利益而滥用版权保护,以版权之名,图利益之实。法院不能沦为不良商家通过商业诉讼维权牟利的工具。

纵观这些年各类版权交易平台发展历程,我们发现,这并不是一个孤立的事件。如视觉中国、东方IC、全景图片等图片类平台,被摄影师、网友曝出类似问题;书生数字图书馆、豆丁网、豆瓣网、中国知网、超星、万方数据、重庆维普、人大书报资料中心等,长期以来也遭到很多作者、出版社的投诉和诟病,并有多起诉讼;淘宝、拼多多等电商平台也遭到"京版十五社反盗版联盟"、很多作家的多次投诉;还有一些平台利用各类数字版权资源提供在线教育服务、制作慕课(MOOC),一些微信公众号、网盘也传播侵权作品。很多作家、出版单位对有声书、电子书平台侵权的投诉长年不断。

以上种种,反映出我国聚合类版权交易平台、电子商务平台、知识资源平台在内部版权管理方面的漏洞。

实践中,大量图片、文字、音视频节目,要么本身就不属于著作权法保护的客体(如法律、法规,官方文件及其官方正式译文,单纯事实消息,历法,通用数表、通用表格和公式等);要么过了版权保护期,属于公版;要么权利人(代理人)放弃许可权甚至版权。

在爆发于2019年的"黑洞照片"事件中,视觉中国收取的费用并不是版权费,而是资料费、素材费、(电子)图档费,这在传统新闻出版领域司空见惯。但是,视觉中国应该在平台展示和销售时向公众说明白、讲清楚。由于个人或一般机构自行拍摄的照片无法满足自身需要,往往寻求向专业平台购买图片的电子文档,为此支付合理费用是无可厚非的。

近年来,随着国家加大打击侵权盗版力度和对知识资源服务的重视,消费正版、知识付费的理念逐渐为社会大众认可:一方面,知识资源平台方应该获得各类著作权人的授权并支付版权费;另一方面,机构和个人用户应该为平台提供的知识资源(内容和服务)付费。

但是,仍有一些不法平台打着知识服务、知识付费的旗号,明目张胆地干着侵权盗版的勾当。他们所倡导的知识付费仅仅是指用户应该向平台付费,对应该向创作、生产知识的传统报刊、出版单位和广大作者获得版权授权,并支付版权费的法定义务却刻意回避。

一些知识资源平台长期收录大量的报刊文章、硕士博士学位论文、会议论文，用户大多是教学科研单位或收入稳定的民营机构和部分个人用户。机构用户是知识资源平台的主要收入来源。

更有甚者，销售到海外很多国家和地区，尤其是制作成期刊矩阵、慕课等，销售给高校科研机构，从中获得极高的经济收益。可作者们对其收录行为并不知情，更没有得到版权许可费用。

有的平台通过给作者发放论文发表证、支付点卡或几十元现金的形式，以期规避广大作者追究其侵权行为的法律责任。这种先斩后奏式的商业模式和经营方式，仅仅考虑了平台自身的商业利益，以及如何满足产业链下游用户和公众的需求与体验，而忽视了创作和提供作品源头的著作权人的合法权益，存在着极大的社会不公。

还有很多平台和新媒体，未经授权滥用著作权集体管理组织的名称，本来没有跟集体管理组织有任何形式的合作，却以"版权声明"的形式，公开声称将文章的信息网络传播权使用费交给了集体管理组织，试图逃避侵权的法律责任。这是对集体管理组织商誉和合法权利的肆意侵犯，不但违反了著作权法律法规，践踏了法律的威严，而且破坏了正常的版权市场秩序，有违社会公平正义。

"黑洞照片"事件的出现，既是相关版权交易平台管理漏洞的一次大暴露，也是监管机构对此进行有效规制的开始。提升各商业平台版权法律意识，发挥著作权集体管理组织的法定地位和集体授权与维权的优势，强化版权交易平台的主体责任，加强行业协会自律和规范管理，完善行政监管和社会监督机制，多管齐下，方能堵住版权交易平台的漏洞。

2012年6月8日，在国家版权局的推动下，"京版十五社反盗版联盟"与淘宝网签署《加强版权保护合作备忘录》。这是网络服务平台与权利人直接合作、联合治理，加强电子商务领域与图书出版行业版权保护合作的开创之举。

国家版权局版权管理司有关负责人在签约仪式上表示，自国务院开展"双打"行动以来，这是在版权领域、电子商务行业与传统出版行业主动开展版权保护工作的一次非常好的尝试，具有示范效应。图书出版行业高举保护知识产权大旗，由传统打击侵权盗版方式向打击网络侵权盗版迈进，展现了出版社适应新变化、不断创新能力的提升。

近年来，针对广大作家、知识分子反映强烈的知识资源平台侵权使用各类文字作品、胁迫期刊独家授权等问题，国家版权局遵照习近平总书记关于加强学术资源库建设，打造中国特色、世界一流的学术资源信息平台的重要讲话精神，在联合多部门开展的剑网行动中对文献数据库未经授权、超授权使用传播他人作品等侵权行为开展集中整治，提出版权合规整改要求。中国文字著作权协会联合中国政法大学、浙江大学等机构举办多场专家座谈会，研讨知识资源平台商业模式与版权合规问题。

2022年12月，相关知识资源平台被国家市场监管总局查处后，公布整改措施，承诺与著作权集体管理组织协商制定著作权保护实施方案并予以严格落实，全面加强合规建设，开展版权合规风险筛查，完善合规机制，确保依法合规开展经营。知识资源行业开始整改，逐渐走上正轨。"加强对知识分享平台版权监管"入选

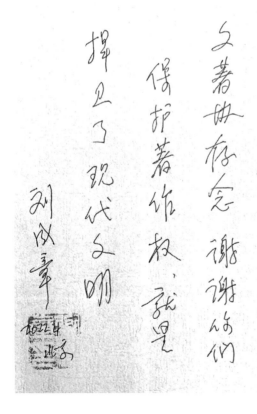

首届鲁迅文学奖得主刘成章为中国
文字著作权协会题字感谢

"2022 年中国版权十件大事"。

2023 年 2 月，在国家版权局指导下，中国文字著作权协会在与民进中央出版和传媒委员会等机构开展专题调研的基础上，联合中央宣传部宣传舆情研究中心（"学习强国"学习平台）、中国新闻出版研究院、中国新闻出版传媒集团等知识资源平台行业上下游 30 多家机构发布"知识资源平台版权合规建设与健康规范发展"倡议书，并共同发起成立"知识资源平台版权合规建设与健康规范发展共同体"，旨在发挥著作权集体管理组织在法律地位、规模化授权管理和版权社会治理等方面的优势，推动规范授权链条与授权文件，制定平台使用文字作品报酬标准及付酬方式，推动知识资源平台、期刊与作者建立更加合法且公平合理的版权授权关系和利益分配机制，引导有序竞争、学术创新与规范传播，推进建立行业版权自律规范和版权信用体系建设，加强版权社会共治，推动平台上下游主体加强版权合作、从对抗对立逐渐走向共商共赢，推动知识服务行业规范健康发展，为打造中国式现代化知识资源平台、服务国家战略、推动世界一流期刊建设作出积极贡献。

第十章

网文平台，期待你越来越好

作为较早入行的一批网文作家，方严（化名）从 2003 年开始从事网络文学创作。一开始她是在一知名阅读网站注册的账号，登录后定期上传自己的作品。按照网站颁布的"游戏规则"，一定字数以下的作品免费向读者开放，一定字数以上的作品所获得的收入，作者与网站分成。

赏罚分明，惩罚机制也由此展开：断更一天，作者要被扣除部分作品收益。

起先，方严对这种惩罚不以为意，因为自己的实力完全可以胜任。可等到合同期满进行结算时她才发现，自己非但没有赚到一毛钱，反而被网站扣除了 1000 元。这是怎么回事呢？

原来，一个月前，她跟几个朋友出去旅游，因为行程安排过于紧凑，又不方便上网，因此断更了五天。除了方严，同期被扣钱的还有几个不明规矩的新晋 VIP 作者，也是由于各种原因断更而被惩罚。

那一段时间，方严因为脸上不断冒出的青春痘需要每天吃药，于是她就把更文和吃药放在一起，列入她每天的记事簿。就连大年三十吃着年夜饭，也顾不得和家人一块儿看春晚，而是一头扎进自己的房间码字，从晚上 8 点一直写到凌晨 1 点。

当她打着哈欠，准备把自己扔上床时，已经更新了 8000 多字。但这只是一个普通的日更文篇幅，方严说，写得最多的时候，她一天能够更新 1 万多字。

当然，一山更比一山高，也有网文作者日更达到 2 万字的。这样第二天一早，睡眼惺忪的书粉点开网站，呀，新的故事已经续上。

精彩的网文传播速度总是特别快，不到一个月，付费 VIP 又增加上千位。作为网站的优质作者，方严在网上写作两年后正式成为该网站签约作家。

2001 年，著作权法进行了第一次修订，伴随于露等网文界前辈的维权之喜，各种各样的规矩也在一些阅读网站慢慢建立起来。奇怪的是，这些责、权、利并不统一的"规矩"似乎都旨在限制网文作者，尤其是签约作家。在网站那里，随时抬出的著作权法似乎成了限制和惩罚作者的有效"法律工具"。这又是怎么回事呢？

原来，在 2006 年，方严所在的签约网站更改了格式合同，要求所有签约作者的著作权归于平台，图书出版、影视化等后续开发一律由平台负责处置，如果出版或转化成功，平台与作者七三分成……

2015 年，已经具备多个知名大 IP 的方严，自己组建了一个网文平台，正式由网文作家成为一名阅读平台经营者。

对待平台维系的写作者，她有很多充满人情味的特殊举措。比如，如果能够拿出有关证据，证明断更是迫不得已，比如，医院开具的病假条等，就可以不被扣钱。

"我不希望作者像我们当初那样，顶着高烧还坐在电脑屏幕前忙碌地敲击键盘。"

再比如，著作权的归属可以由作者自行确定。如果愿意把著作权及相关权利转让给平台，那么以后的收益按照五五分成，平台将会努力利用手中资源帮助作者实现影视转化。

"在我看来，合作才是网文平台与作者之间最重要的关系。"方严说。

网络文学产业和教培行业的相似之处在于，"产品"本身具有特殊性——作为内容产品，内容水准极大地依赖于生产者（教培是老师，网络文学是作者）。内容产品是非标准化的，人们想从海量的作品中找到精品，多数只能依靠推荐或运气。

与教培行业的名师导向类似，网文界呈现出以大神带动流量的大神导向。在网络文学20多年的发展史中，网文大神的平台站队成了平台之争的重要一环。

但现实和理想往往差距很大。与传统文学难于发表不同，网文平台门槛偏低，写作者年龄从十几岁到年过花甲，职业五花八门，工人、老师、外企职员等什么都有。有的白领下班，挤上公交车找到一个座位就掏出手机开始更文。而真正能靠写文养家糊口的专职作家仅占三成左右。网文写作者虽然怀揣依靠写作拥有大量粉丝、百万收入的理想，但大部分收入微薄，甚至毫无收入。

这一切都说明，网文平台和作者应该相互奔赴，互相成就。

平台不断推出促进作品质量提升的好举措，帮助更多作者步入良性循环的发展轨道；优质作品反过来又大量带动平台流量。

遗憾的是，某些平台与作者之间搭建的是"雇佣劳动"或"委托创作"的关系。在这样先天存在不对等的关系设定下，作者与平台冲突连连。

文学是出版、影视、动漫、游戏等作品的重要源头，著名作家张抗抗称之为"母体"。近些年来，网络文学平台的全版权运营模式在充分挖掘IP价值方面取得了显著的市场效益。然而，作家群体的合法权益一直没有得到相应程度的重视和保护，网文作者与影视公司、网文平台的矛盾时有发生。其中一个重要的原因在于，平台提供的格式合同约定的权利与义务责任不一致，且很多条款约定不明、双方法律地位不平等，进而引发利益分配矛盾、版权纠纷等问题。

2022年两会期间，时任全国人大代表、现任全国政协委员、温州大学研究员、著名网文作家蒋胜男就此提交了《关于加大力度打击网络盗版行为的建议》。她认为，文学网站经营者对打击盗版信心和动力不足，建议尽快推出著作权制式合同。可以借鉴其他行业经验，像房屋买卖合同、劳务合同等一样，相对平等地保护各方利益。

蒋胜男的建议凸显了作家群体对网文平台与网文作者关系现状的不满以及对未来的担忧，呼吁主管部门在双方订立的合约上应予规范，尽早出台制式合同，使网络文学平台能够充分尊重原创、保护知识产权，为文化市场的持续繁荣保持发展后劲。

实际上，在不少网络文学研究者看来，网文作者与平台的合同纷争并非偶然。

发表于《中国文学批评》刊物上的《网络文学 2018—2019：在"粉丝经济"的土壤中深耕》一文曾指出，过去的 2018、2019 年，对于网络文学来说，是相当严峻的两年。

如文中所言，中国网络文学发展 20 余年来，最核心的发展动力就是建立在粉丝经济基础上的原创性生产机制。而核心粉丝是指那些具有稳定付费习惯和活跃参与度的粉丝。

该文第一作者、长期从事网络文学研究的北京大学中文系教授邵燕君表示，中国网络文学的发展之所以能取得今天的成就，正得益于以 VIP 付费机制为基础的粉丝经济。

与之相对应的是，网文平台近几年付费用户数的持续下滑。2020 年 3 月，就有媒体披露，一大型网文平台的平均月付费用户数已从 2017 年的 1110 万下降到去年的 980 万。同时也有报告指出，付费阅读用户规模持续下降，免费阅读用户规模则持续增长。

如果说，这种情况在网络文学还是一种"亚文化"的时候，尚能作为一种圈子爱好予以维持；那么，在网络文学愈发成为"显学"、大资本不断介入的当下，付费读者数量的下滑则必将引发调整。

参与执笔《网络文学 2018—2019》的北京大学中文系博士吉云飞认为，当网络文学付费阅读的天花板已经很明显时，网络文学领域积压已久的诸多矛盾也随之显现出来。其中，自然包括大家热议的著作权问题、平台与作者利益分配问题，等等。

但笔者认为，在诸多复杂矛盾中，平台与作者的关系定位尤为重要，只有正常的关系才能促进网文行业的良性发展。

以下几个方面的问题应该厘清：

首先，平台与作者之间非雇佣或委托关系，双方之间的合同应属著作权转让合同。

即使网文平台在与作者签署的合同中有"聘请"字眼，他们之间建立的也不是劳务关系、委托关系，而是著作权法律关系，主要受著作权法保障与调整。

著作权法规定的著作权合同分为著作权许可使用合同和著作权转让合同两种类型。中国网络文学的产生及20多年来的发展一直依靠民营资本的力量。网文作者通过与平台签署一个"大合同"后取得"会籍"，从而明确双方之间的法律关系。这个合同应该属于著作权转让合同。

著作权法规定，著作权转让合同必须是书面合同，且同时包含必备条款。一份有效的著作权转让合同应当具有转让的具体权利种类，转让条件（如价金、对价、版税或分成条件），交付转让价金的时间和方式，双方的权利、义务以及违约责任等。

与此同时，平台与作者签订的著作权归属、署名方式、运营以及收益分成等合同条款内容，必须符合民法典和著作权法等相关法律法规，语言表述合法、规范，符合行业惯例和公序良俗；否则，容易影响整个合同和部分条款的法律效力，更会产生版权纠纷。电子签名和电子合同均属于书面合同。

在平台与网文作者已经通过"大合同"或"总合同"建立了合作关系的前提下，可以就具体活动、具体创作项目等向网文作者发出邀约邀请，或委托具体的网文作者创作具体的作品、完成具体的项目，并提供创作要求、创作思路、资金、技术等基础条件。如果网文作者愿意承担或参与，在双方合意的基础上签署委托合同，或以合法的形式予以承诺，受委托创作的作品著作权可以通过委托合同约定归平台（即委托人），并且平台为此支付价金。合同未作明确著作权归属约定或者约定不明的，著作权属于受托人（即创作者或网文作者）。从双方争议的情况来看，这次讨论的焦点是平台与所有网文作者的"大合同"。

即使网文平台对于及时更新内容的签约网文作者支付所谓的"签到奖"，也只是一种鼓励措施，并不能改变双方的法律关系性质。"大合同"中因为有"聘请"之类的措辞，双方因此就成了"雇佣关系"或劳动合同关系，这只是网文平台单方面对法律术语、双方关系的解读，并不具有法律效力，因为法律的解释权只归立法者。

其次，合同应体现公平原则，表达网文作者的真实意愿。

中国网络文学自诞生之初，走的是一条市场化、商业化的运营道路。从本质上来看，网文平台拥有资金、技术和市场化运营等方面的优势，这是任何一位网文作者个体所不具备的，而这也是中国网络文学迅猛发展的主要原因。

因此，平台的优势和其助推网文产业繁荣发展的作用是不能被抹杀的。相对于平台而言，个体网文作者相对处于弱势。即便如此，依照民法典的精神，合同内容应当遵循公平原则、诚实信用原则，民事主体（网文平台与作者）在签订合同时是平等的，而且应当是网文作者真实的意思表示。

平台出于商业运营需要，通过合同约定，从网文作者处取得一定期限的著作权本无可厚非，但平台要将作者终生及其死后50年的法定版权一下子全部拿走的合同条款，必然引发网文作者的强烈不满，甚至被一些网友戏称为作者的"卖身契"。著作权法没有对著作权转让合同、著作权许可使用合同的期限加以限制，因此，网文平台"大合同"条款看起来合法，但从公序良俗、社会公共利益角度来说，显然不尽合理。

通常情况下，各类著作权合同都是有期限的，而且不能单纯讨论合同期限的长短，一定要在合同中明确约定违约责任条款。实践中，一些网文作者由于合作不愉快或自身原因而提前结束与原来东家的合作，改弦更张的情况也不在少数。因此，平台与作者的合同应该明确约定具体的权利、义务和违约责任，因为这对双方均有所限制、约束。

另外，对于网友曝光的其他霸王条款，如果是平台利用网文作者分散、没有话语权的弱势地位而订立，可能属于民法典规定的"显失公平""重大误解"情况。在这种情况下订立的合同，即使当初得到了作者的同意，作者也可以通过诉讼或仲裁申请撤销。多年前，因某平台格式合同中的分成比例过低，网文作者曾与之产生过争议，最终，在媒体曝光和有关部门的介入下，双方分成比例才作了相应的调整。

再次，署名权不能被剥夺，但可约定实现方式。

现行著作权法允许转让著作权中的财产权，也就是经济权利。署名权属于人身权，即精神权利。不论网络文学作品以什么形式发表、被改编成何种形式，原作者仍然拥有署名权，署名权不能被剥夺。与署名权一样，发表权、修改权、保护作品完整权也属于人身权，不可以被转让。但作者如果没有时间修改，可以委托、许可平台或他人行使修改权；也可以约定修改后的作品需得到作者的认可。

至于改编权，究竟是作者改编、委托别人改编，还是委托平台改编，在合同当中都需要有明确的约定。一般情况下，在平台跟作者签订"大合同"后，如果涉及后续影视剧、网络游戏、视听作品等其他能产生较大经济收益的行为，往往还要签署单独的合同或补充协议，并在合同或协议中明确约定，怎么行使署名权、修改权和保护作品完整权。如果没有事先约定、署名不符合双方合同约定、没有作者的后续追认，都是不被允许的。合同中没有明确约定转让的权利或约定不明的权利，则仍然由作者行使。

简而言之，署名权、修改权、保护作品完整权等人身权属于网文作者，不可以转让，但是这些权利的实现方式是可以由双方约定的。

纵观网文作者与网文平台的合同纷争，虽然表面上看是为了各自利益的最大化，但与网络文学的健康可持续发展紧密相关。需要承认的是，通过签署著作权转让合同，网络文学平台把网文作者的全部或大部分财产权掌握在自己手中，由于投入人力、物力、财力而需要获得商业回报和利润，这是符合市场规律的。这既是我国网络文学发展的现实，也是合理的商业运作手段。

但是，平台应放下身段，倾听作者群体的呼声，网文作者也应理性、专业、集中地表达诉求。双方只有基于平等互利、诚信原则，相互理解，平等协商，遵守法律法规和国家政策，遵守社会公共利益和公序良俗，和谐共生，才有利于网络文学的健康发展。

在网络文学发展过程中，平台也不要忽视部分作者的优势，在与有关机构谈及网游、影视剧改编等事宜时，可以邀请作者一同参与，同时，不能忽视网络侵权、盗版问题。平台既然取得了网文作者的财产权，如果将维权事务甩给作者本人，显然也是有失公平的。

当然，在网文作者与平台的纷争中，也涉及平台是否滥用市场支配地位问题。

在 2020 年 5 月全国两会期间，有政协委员提交了一份建议，认为网文平台的优势和其推动网文繁荣发展的作用是不能被抹杀的，平台出于商业运营需要，通过合同约定，从网文作者处取得一定期限的部分著作权本无可厚非，但网文平台作为具有市场支配地位的经营者，滥用市场支配地位，强迫网文作者转让著作权法明确规定不能转让的署名权、修改权等人身权利，强迫作者签署没有期限限制的著作权转让合同，明显属于《反垄断法》规定的滥用市场支配地位的行为。

因此他建议，国家反垄断执法机构应依法对各大网文平台涉嫌垄断行为进行调查，加强监管，依法处理，规范网文平台的不规范经营行为。同时，建议国家版权局对平台与作者的各类版权合同合规性进行审查，中国作家协会、中国文字著作权协会等机构应发挥协调、指导、服务的作用，加强对网文作者进行法治培训和教育，对其创作、版权运营和维权进行专业指导，维护数量众多的网文作者的合法权益。

2020年，全国两会推迟到5月举行。2020年5月28日，十三届全国人民代表大会第三次会议表决通过了《中华人民共和国民法典》，自2021年1月1日起施行。《民法通则》《合同法》《侵权责任法》《民法总则》等9部法律同时废止。这是中华人民共和国第一部以法典命名的法律，在法律体系中居于基础性地位，也是市场经济的基本法，因此，被称为"社会生活的百科全书"。

5月29日下午，十三届全国人民代表大会第三次会议在北京人民大会堂闭幕的第二天，十九届中央政治局就"切实实施民法典"举行第二十次集体学习。习近平总书记在主持学习时强调，民法典在中国特色社会主义法律体系中具有重要地位，是一部固根本、稳预期、利长远的基础性法律，对推进全面依法治国、加快建设社会主义法治国家，对发展社会主义市场经济、巩固社会主义基本经济制度，对坚持以人民为中心的发展思想、依法维护人民权益、推动我国人权事业发展，对推进国家治理体系和治理能力现代化，都具有重大意义。

网文平台与作者版权合同的进一步完善和双方关系的改善，与民法典的颁布和实施、与著作权法等法律法规的修改完善和实施有直接关系。

网络文学行业只有在法律框架内运行，才能行稳致远。

第十一章

剑网行动——执法者在行动

剑网行动，是自 2005 年以来，国家版权局联合工业和信息化部、公安部、国家互联网信息办公室开展的打击网络侵权盗版专项行动。

2005 年 9 月，中宣部、国家版权局、公安部等 8 部门及全国整规办等 7 部门相继发布《关于开展打击网络侵权盗版行为专项行动的通知》和《关于印发"打击网络侵权盗版行为专项行动方案"的通知》，这是我国历史上针对网络侵权盗版行为开展的首次大规模专项治理行动。剑网行动每年开展一次，至 2023 年，已经是第 19 次。

如何进一步完善版权法律体系、创新执法手段、加大监管力度，已经成为维护良好的网络市场秩序、保障版权产业健康发展的重要问题。从产业发展和产业环境来看，剑网行动是贯彻实施《国家知识产权战略纲要》、净化网络版权保护环境的迫切要求。开展剑网行动，就是将打击网络侵权盗版作为版权执法的重中之重，以查处大案要案为手段，进一步净化网络版权保护环境，以网络版权保护工作为抓手深入贯彻落实《国家知识产权战略纲要》。

据时任国家版权局副局长、新闻出版总署副署长（十三届全国政协文化文史和学习委员会副主任、中国版权协会理事长）阎晓宏在《难忘版权 13 年》一书中回忆，在开展专项行动之前，他们专门邀请了香港海关的版权执法人员给全国各地的版权执法机构，包括公安系统执法人员、文化执法队伍开展培训，引导其边学边干。

当时，案件查办的能力还是比较弱的，但是它的积极意义在于，向社会发出了一个信号，网络环境中的侵权盗版是违法的，现在开始有人管了。随着网络环境下打击侵权盗版执法实践的推进，版权执法能力越来越强，水平也越来越高。不仅查办了境外权利人和权利人组织投诉的案件，还查办了一大批侵犯国内权利人的侵权盗版案件，将一批侵权盗版违法分子绳之以法。剑网行动对于规范网络版权秩序，推动网络音乐、网络视听等产业发展，营造风清气朗的网络版权生态发挥了重要作用。

一、来自郑渊洁的实名举报

2019 年 2 月中旬，全国"扫黄打非"办公室接到了一封来自北京皮皮鲁总动员文化科技有限公司的实名举报信，就是凭着这封信所提供的线索，办案人员追根溯源，从微小细节着眼，最终发现并摧毁了一个从事盗版图书的制版、印刷、储存、运输、销售以及制作防伪标识的团伙。

这就是"剑网 2020"专项行动十大案件之一的江苏淮安"2·22"销售侵权盗版图书案。

值得一提的是，真正的举报者是大名鼎鼎的"童话大王"郑渊洁，正是他委托北京皮皮鲁总动员文化科技有限公司，向全国"扫黄打非"办实名举报两家公司涉嫌兜售盗版图书，侵犯其著作权。

待到水落石出，人们方才发觉，一位作家的举报原来牵扯到一起惊天大案——这起令人拍案的特大盗版案，竟然涉及 21 家出版社，总计 100 万余册图书。不仅涉案码洋高达近亿元，而且，因为其严重侵犯著作权，甚至将淘宝、京东等知名电商平台都牵涉在内，引发全国轰动，最终成为一个现象级事件。

一切的发生纯属偶然。

在电脑前浏览各大网络平台销售自己作品的情况，是郑渊洁每天几乎必做的功课。他的图书在市场上很受欢迎，作品销量一度突破 3 亿册。

这天，他不经意间在天猫上瞄到一家网店正在以低于定价五折的价格售卖"郑渊洁四大名传""皮皮鲁总动员"等图书，立即对此产生了警觉。

"鉴别图书真伪最简单的办法就是看价格，因为出版社销售的正版图书几乎都在五折以上。凭我多年的反盗版经验，如果图书销售价格在五折以下的，其是盗版书的可能性就很大。因为正版图书的制作成本比较高，售价如果低于五折出售，出版社就会亏本。而盗版图书的制作成本极低，其利润空间很大。"曾被原新闻出版总署、国家版权局授予"反盗版形象大使"称号的郑渊洁，在许多年里与盗版的较量中已经具备了丰富的经验。但令他费解的是，这家网店的网页上竟明目张胆地标有"某某出版社授权"字样。

随后，郑渊洁率领的打假团队从这家网店购买了"皮皮鲁总动员"系列等图书。通过多环节的鉴定后，他们判定，所购买的都是盗版图书。

打假团队人员经过仔细调查发现，这家网店的经营者为北京欣盛建达图书有限公司和北京宏瑞建兴文化传播公司，二者都是在北京注册的公司，具有出版物经营许可证。令人奇怪的是，他们曾经从郑渊洁所属的北京皮皮鲁总动员文化科技有限公司批发过少量"皮皮鲁总动员"系列图书。

"明明是一家北京图书销售公司，而我们从其网店购买的图书，发货地址却显示在江苏省淮安市，这引起了打假团队的极大怀疑。"郑渊洁说。

郑渊洁所属公司致电这家网店，并发去律师函要求其下架，可等了三天，这家网店依然我行我素。

很快，郑渊洁致信全国"扫黄打非"办公室，实名举报两家公司通过网络交易、物流发货方式兜售盗版"皮皮鲁总动员"系列图书，严重侵犯了他的著作权。

"反盗版形象大使"的举报，立即引起全国"扫黄打非"办公室的高度关注。他们迅速将举报线索下发给江苏省"扫黄打非"办公室，并派出案件督办专员赶赴江苏省淮安市，与当地执法部门一起查办相关线索。

2019 年 2 月 20 日，全国"扫黄打非"办公室与江苏省"扫黄打非"办公室在淮安市召开案件推进会，并组成专班，决定迅速侦办此案。

这是一队打假的精兵强将，由全国"扫黄打非"办公室、江苏省"扫黄打非"办公室、淮安市"扫黄打非"办公室、淮安市文化市场综合执法支队、淮安市公安局淮阴分局以及浙江少儿出版社代表 6 组人马组成。虽说春天的脚步已渐渐临近，但苏北依然寒冷。2019 年 2 月 22 日，这支近 10 人组成的打假队伍悄悄地来到位于淮安市郊的江苏胜克机电科技有限公司厂区，对机电公司厂区内的一处仓库进行突击检查。

结果发现了意想不到的一幕。

《童话大王》1985 年创刊号封面

原来，这是一个双体仓库——真假李逵，仓库内不仅存放着大量正版图书，还在其隐蔽的"内库"里存放着10万余册疑似盗版图书。突击检查中突现的这一幕，让所有执法者惊得目瞪口呆。

"我们在仓库内随意打开一包'皮皮鲁总动员'图书，经过现场浙江少儿出版社打假人员鉴定，竟然有正版，也有盗版。我们又对仓库内存放的已经包装好、准备交给物流公司的快递件进行随意抽检，也是正版、盗版混装。"淮安市文化市场综合执法支队负责人说。

震惊之余，6组人马又分别将"内库"里存放着的10余万册图书进行随意开包，发现涉及有浙江少儿出版社、江苏凤凰文艺出版社、明天出版社、长江文艺出版社等多家出版社出版的图书。除了"郑渊洁四大名传"系列图书，还包括《活着》《肚子里有个火车站》《皮肤国的大麻烦》《牙齿大街的新鲜事》《幼儿园的一天》《白夜行》《半小时漫画世界史》《红星照耀中国》《教父》《解忧杂货店》等畅销书，另有由中国建材工业出版社、北京科技出版社等出版的工具书以及培训、考试类的教材教辅书籍。

细心的执法人员注意到，这两个仓库内都装有监控摄像头——任何一个细节都可能牵出重要线索，于是，他们当即询问了在场进行物流包装和运货的工人。

"是北京的王老板让我们安的，这样，他可以通过电脑和手机，实时监控这里的运发货情况。"一位知情工人告诉执法人员。

很快，"北京的王老板"浮出了水面。

另据看守仓库、负责运装货物的工人讲述，他们每天根据王老板发来的网络订单信息进行发货，王老板有时让工人们装A货（正版图书），有时让装B货（盗版图书），大多数时候是A货、B货装在一起发给网络订户。

由此推断，这个"王老板"，绝非一般人物！

因涉嫌盗版图书数量巨大，全国"扫黄打非"办公室要求江苏省"扫黄打非"办公室立刻协调有关部门迅速展开破案。

淮安市政府领导指示，由市公安局牵头，淮阴分局具体负责侦办。淮安市公安局领导专门听取了情况汇报并就侦办工作提出具体要求。江苏省公安厅、淮安市公安局治安部门第一时间派员指导，协调案件侦办工作。淮阴公安分局迅速成立"2·22"案专案组，由分局主要领导督战，分局治安大队长任"2·22"案专案组组长，并抽调精干警力参加，快速、全面启动侦办工作。

"盗版分子将巨量的盗版与正版图书混装，的确给图书的真伪鉴定带来了巨大困难。在全国'扫黄打非'办公室的总体协调下，来自全国各地21家出版社的图书鉴定人员迅速聚集到淮安这家仓库内。我常年工作在文化市场执法一线，但这么多家出版社鉴定人员聚在一起辨别图书真伪，还是头一次。"淮安市文化市场综合执法支队负责人说。

简陋阴冷的仓库里，21家出版社的鉴定人员与文化执法人员一起，顾不上吃饭，困了就席地而卧，连续奋战多日，逐一对仓库内存放的上百万册书籍进行甄别、鉴定，最后确认，仓库内共有75种、13万余册盗版书。

由于案情重大，中宣部版权管理局、全国"扫黄打非"办公室、公安部治安管理局及最高人民检察院第四检察厅等部门将此案作为联合督办重大案件。

根据专案组的判断，既然王老板在淮安仓库安装了实时监控摄像头，就应该获悉了盗版仓库被查的情况，一定会采取防范措施逃避打击。

果不其然，当2月24日专案组民警来到王老板位于北京市通州区注册的办公地址时，早已人去楼空。为了查明王老板的行踪，专案组成员冒着刺骨的寒风在通州、房山等区域辗转蹲守了18天。

"为了侦破工作顺利进行，我们想尽了一切侦查办法，每天的步行都会达到三四万步。"专案组副组长感慨道。

2019年3月，初春时节的北京，春寒料峭。

房山区一栋自建楼房的三层，派出所民警敲开了这间普通民房的房门。据群众反映，那个狡猾的王老板就藏身此处，现在民警的突然出击，足可令这只狐狸猝不及防。可是，应声而开的房门里，除了开门人，却没有王老板的身影。

就在民警询问情况时，只听得窗户外突然有人大叫一声，接着传来重物落地的声响。民警赶到窗户边一看，坠地的正是王老板，此时一脸痛苦地蜷缩成一团。原来，突然遭遇盘查的王老板在惊慌中翻窗藏匿，躲到了窗外，两手紧紧地抱着下水管。本想着能躲一时是一时，可没想到的是，那根看似坚固的下水管突然断裂，他直接摔了下去，左臂严重脱臼。

民警迅速把他送进天坛医院，十余天后伤愈才将其押往淮安进行讯问。

虽然，对犯罪嫌疑人王老板的抓捕只有短短的几分钟，此前却进行了大量艰苦、细致的侦破工作。

2019 年 2 月 24 日至 3 月 13 日，"2·22"案专案组锁定，犯罪嫌疑人就是在淮安仓库储运、物流包装大量盗版图书的货主"王老板"——王强。

王强归案后，根据专案组掌握的线索以及他的供述，4 月 3 日，警方在河北廊坊抓获了为他非法印制盗版图书的李洪生。

值得一提的是，这个李洪生是个反侦查能力特别强的"90 后"。因为长期从事非法业务，他经常昼伏夜出，甚至衣服都是双色正反两面穿，手机号码频频更换，也不与任何亲朋好友联系。事发不久，李洪生从王强处获知了淮安仓库被查封的消息，便使出狡兔三窟的手段。为此，锁定李洪生，专案组也花费了很大一番功夫。

看守所里，落网的李洪生懊悔不已——

"我和王强原来就有合作，承印的都是正版，但他经常欠我印刷费不还，累计多达 200 万余元。2017 年我又找他要钱，他却说，'咱们就做盗版书吧，成本低，来钱快，你的账我也很快就能还上了'，因为贪心就同意了。自 2017 年 4 月起，由王强在市场上购买正版样书并寄给我。他说：'市场上什么书好卖，你就印什么书，完全由市场决定。'然后，我通过朋友关系找到了做制版、复印生意的蔡江和刘凯，由他们对王强提供的图书进行扫描，并按照正版书的版式进行制版，随后发给我所在的印厂进行印刷。书印好后，王强指令我将书通过物流公司运到位于淮安的仓库。为了让这些图书更像正版，王强还让浙江温州方面制作防伪标识后发给印刷厂，让我们贴在印刷的盗版图书上。我现在特别后悔！因为贪心害了自己。"

顺藤摸瓜。2019 年 7 月，淮安公安民警赴浙江省苍南县，将制作盗版图书防伪标识的犯罪嫌疑人吴子俊抓获。据他供述，他先后为王强制作了 100 多万个防伪标识，已经使用并贴在盗版图书上的超过 45 万个。

淮阴分局治安大队负责人分析说，以前公安机关侦破的盗版图书案，犯罪分子所销售的都是盗版图书。而此案的涉案团伙非常狡猾，他们在制作、印刷盗版书籍后，以盗版和正版混装、混卖的形式在天猫、京东、拼多多等网络平台上大量售卖。

"值得注意的是，他们完全是按照正版书籍印制的标准进行制版、印刷、储存、运输、销售并制作防伪标识的，是全部链条、各个环节的违法犯罪活动。所以，公安机关针对这个团伙的犯罪手法分析，认为这是一种新型侵犯著作权的犯罪活动。"

至此，在全国"扫黄打非"办公室总协调下，在江苏省"扫黄打非"办公室指挥下，由淮安市公安局淮阴分局与市文化市场综合执法部门密切配合，循线追踪、深挖彻查的"2·22"特大盗版图书案终于告破了。公安民警辗转7省市、行程5万余公里，全环节、整链条铲除了以王强为首的涉嫌侵犯著作权犯罪团伙。

此案的侦破为打击新型侵犯著作权犯罪活动提供了样本。

2020年11月27日下午，江苏省淮安市中级人民法院一审对由作家郑渊洁实名举报的淮安"2·22"特大侵犯著作权案进行公开宣判，以侵犯著作权罪，依法判处被告单位北京欣盛建达图书有限公司和北京宏瑞建兴文化传播有限公司罚金人民币各50万元；被告人王强、李洪生二人分别被判处有期徒刑4年、3年6个月实刑，并分处罚金人民币300万元和260万元；漆羽亭等7名被告人被判三年以下不等缓刑，并共处罚金63万元；以非法制造、销售非法制造的注册商标标识罪，判处被告人吴子俊有期徒刑3年，缓刑4年，并处罚金人民币6万元。

经审理查明：2017年4月至2019年2月，被告人王强在经营欣盛公司、宏瑞公司期间，以营利为目的，未经著作权人许可，私自委托被告人李洪生印刷侵权盗版图书，并通过物流将上述图书运至其租赁的北京仓库和淮安仓库储存，后通过网络对外销售。通过上述方式，被告人王强委托被告人李洪生共私自印刷侵权盗版图书59种，共计929314册。

2017年4月至2019年2月，被告人漆羽亭作为欣盛公司和宏瑞公司财务、人事、客服负责人，明知公司从事侵权盗版图书销售活动，为公司在招聘人员、图书采购、费用结算等方面提供帮助，其间，公司共从被告人李洪生处购进侵权盗版图书929314册。

2018年5月至2019年2月，被告人张清作为欣盛公司、宏瑞公司在淮安仓库的负责人，明知公司从事侵权盗版图书销售活动，安排员工对图书予以储存、分类、打包、快递寄送，其间，仓库共购进侵权盗版图书795415册。

2017年4月至2019年2月，被告人张利明作为海涛公司拼版负责人、被告人蔡策元作为海涛公司生产负责人，明知被告人李洪生安排印刷的图书无版权许可等委托印刷手续，帮助被告人李洪生拼版，提供图书样稿、样书，开具生产单安排车间员工印刷生产，其间，共生产侵权盗版图书929314册。

2017年10月至2019年2月，被告人刘辉桓作为罗德公司实际经营人，明知其经营的彩印公司无印刷图书资质，且被告人李洪生委托印刷的图书无版权许可等委托印刷手续，仍安排员工帮助李洪生印刷侵权盗版图书彩色部分，其间，共印刷侵权盗版图书共计917767册。

这个由郑渊洁实名举报，中宣部、全国"扫黄打非"办公室、公安部和最高人民检察院4部门挂牌督办的特大侵权案入选国家版权局、全国"扫黄打非"办公室联合发布的2019年全国"扫黄打非"工作小组办公室十大案件，入选国家版权局、公安部等4部委发布的"剑网2020"专项行动十大案件。

法学专家认为，"2·22"案较以往的侵犯著作权案，出现了新的犯罪手法，属于新型犯罪，主要特点是：

一是披着合法外衣。欣盛和宏瑞两家公司均在北京市有关部门注册，并取得了销售图书的许可。

二是犯罪环节分离。由位于北京通州的公司连接网络平台，负责销售和结算业务；在河北廊坊印刷盗版书后，直接物流运输至江苏淮安和北京通州仓储点，再由仓储点直接向客户发货。

三是正版掩盖盗版。犯罪嫌疑人王强从正当渠道购买了极少量正版书籍，但其公开在网络平台销售出去的大都是盗版书籍。

四是侵权主体较多。王强销售盗版书籍种类完全是"市场决定"，哪些书籍卖得多，就销售哪些书籍；侵权主体涉及21个出版社、75个品种、100万余册图书。

五是犯罪链条完整。盗版团伙按照正版书籍印制的标准，制版、印刷、储存、运输、销售、制作防伪标识等全部环节一项不落。

二、网文"侵犯著作权罪"入刑第一案

备受社会广泛关注的江苏徐州"万松中文网"侵犯著作权案——从起点中文网复制各类电子书籍到自己的读书网上，然后向会员收取费用，这样的行为不仅侵犯著作权，甚至招来牢狱之灾，两名主犯分别被判刑3年6个月和3年不等。

此案也是国家版权局、公安部、工信部开展 2010 至 2011 年剑网行动中的 17 起重点案件之一，被业界称为在网络文学保护方面，以侵犯著作权罪入罪的刑事第一案。

2009 年 7 月，徐州人戴伟、喻江与人合资搞了一个名为"万松中文网"的读书网站。

一般来说，小说网站的盈利模式一般有以下几种：

一是通过广告和营销收入，这是最常见的小说网站盈利模式。大多数小说网站都是通过向用户投放广告、发展会员计划或者推广其他产品或服务来获取盈利。

二是通过付费内容收费。这种模式一般是指小说网站的部分内容是收费的，而其他部分则是免费的。一般来说，付费内容包括高级会员权限、专属下载内容、游戏道具等。

三是通过交易收入，这种模式通常指通过小说网站进行在线交易获取盈利，交易内容包括书籍、音乐、游戏、工具、模板等。

显然，起步不久的"万松中文网"不论是广告业务还是在线交易都不占优势，只能把盈利的方向放在小说付费阅读上。

本来做读书网站就必须有相当数量的电子书储备，而且必须要有抓人眼球的好书，才能让网友乐于掏钱看。不过，电子书的版权是需要购买的，那是一笔不菲的费用，戴伟等人都想着省点儿钱，于是，他们的目光便瞄上了几个知名读书网站平台，想着"不过复制一些网络作品，又不会犯什么大罪"。

2009 年 9 月至 2010 年 12 月期间，戴伟等人利用技术手段，采集并复制了大量起点中文网独家享有的文字作品。这些书以价廉物美的姿态上线，立刻就吸引了大量网友登录万松中文网进行在线阅读，网站的注册会员也迅速激增。凭着这些从他人那里复制而来的电子书，戴伟等人不仅收取了阅读费，并且，随着网站人气的日益飙高，广告商也主动找上了门。短短一年多时间，戴伟等人就非法获利 20 多万元。

短短几个月时间，原本名不见经传的万松中文网突然火了起来，这种情况很快引起了起点中文网的注意。之后他们惊诧地发现，自己花钱买来的电子书著作权被其侵犯。

2010 年 7 月，剑网行动启动。其间，国家版权局接到盛大文学公司的举报投诉，称徐州万松中文网在未经作者和盛大文学任何许可或授权的情况下，复制了大量由盛大文学旗下起点中文网拥有独家信息网络传播权的文字作品，并刊登在了自己网上。

国家版权局对此高度重视，随即要求江苏省版权局进行认真核实。

经江苏省版权局与徐州市版权局多方调查、取证与核实，初步认定万松中文网未经授权采集并复制了起点中文网5400余部作品，盛大文学的举报投诉属实。由于此案涉嫌侵权网络文学作品数量多且涉案金额巨大，已构成刑事犯罪，便交由公安机关立案侦查，并将此案列为此次剑网行动中的重点督办案件。

为了推动网络侵权盗版案件的快侦快办，2010年11月30日下午，由江苏省版权局倡议、国家版权局召集的"打击侵犯知识产权和制售假冒伪劣产品专项行动"江苏省重点案件督办和协调会在常州举行。

国家版权局、全国"扫黄打非"办公室、江苏省公安厅等相关部门的负责人，共同讨论了如何侦办徐州万松中文网侵犯著作权案等4起重点案件。

江苏省公安机关在会上通报了万松中文网侵犯著作权案在立案后初步获取的证据：对涉嫌侵权的万松中文网未经许可复制的文字作品进行的电子取证、公安机关对其所做的远程勘验报告、被侵权人起点中文网提供的在其网站上发表的与涉嫌侵权的文字作品所对应的原作等。

与会者经过一番研讨，产生了两种不同意见：

一种意见认为，本案已受到投诉人的举报，提出了独家获得签约作者授权的证明，而万松中文网作品主要是这些获得独家授权作者的同名复制作品，完全一样或基本相似，且内容滞后于起点中文网。只要未获得授权，即可认定是侵权。有了作者的证据和投诉，不一定需要由第三方对本案进行所谓鉴定。

另一种意见认为，必须由第三方对原作和涉嫌非法复制的"侵权作品"进行比对，出具鉴定意见，才是值得公安机关采信的证据，因为两者是否具有"唯一性"的问题十分关键，必须核实清楚。

会议建议，将案件上报国家有关部门。经国家版权局等部门协调，最终确定，由中国版权保护中心对涉案作品的同异性进行了版权鉴定。

经鉴定确认：江苏徐州万松中文网站未经许可，侵犯起点中文网文字作品达5483部。

2011 年 5 月 23 日，徐州市中级人民法院以侵犯著作权罪分别判处戴伟有期徒刑 3 年 6 个月，并处罚金 15 万元；判处喻江有期徒刑 3 年，并处罚金 15 万元。

法院审理认为：自 2009 年 7 月至 2010 年 10 月，万松中文网及网站主要负责人戴伟、喻江等在未经作者和盛大文学的任何许可和授权的情况下，采集并复制了大量由盛大文学旗下的起点中文网拥有独家信息网络传播权的文字作品，并刊登在万松中文网上。

经认定，万松中文网登载的文字作品中，至少有 5400 余部与起点中文网所登载的文字作品具有表达相同的章节。犯罪人及万松中文网通过侵权作品的在线阅读，进而通过注册会员充值阅读和在网站上发布收费广告的方式获利，非法经营数额合计人民币 20 万余元。

"网络文学自诞生之初，就存在盗版问题。盗版行业对网络文学行业的侵蚀，对网络文学创作者赤裸裸地窃取成果的行为，不仅是违法的，而且对整个网络文学行业都意味着沉重的打击。"盛大文学相关负责人说。

徐州万松中文网侵犯著作权案的司法审判，维护了权利人的合法利益，在网络文学领域极大地震慑了侵权盗版的违法犯罪行为。

2013 年 4 月，江苏省人民检察院发布了 2010 年以来江苏知识产权司法保护情况及侵犯知识产权犯罪十大典型案例，万松中文网侵犯著作权案名列其中。

三、层出不穷的网络小说侵权案

关于网络小说著作权侵权，值得关注的是在"剑网 2016"专项行动中涉及的 21 起典型网络侵权盗版案件——

（一）北京顶点小说网侵犯著作权案

根据权利人投诉，北京市东城区公安部门对顶点小说网侵犯著作权案进行调查。经查，余某某等人未经权利人许可，在顶点小说网上传播非法采集的文学作品，并通过广告联盟非法获利 42.8 万元。2016 年 8 月 16 日，北京市东城区人民法院以侵犯著作权罪判处余某某有期徒刑 3 年，并处罚金 22 万元；判处余某有期徒刑 1 年，缓刑 1 年，并处罚金 3 万元。

（二）广西南宁皮皮小说网涉嫌侵犯著作权案

根据权利人投诉，广西壮族自治区版权行政执法部门会同公安部门对皮皮小说网涉嫌侵犯著作权案进行调查。经查，自 2012 年 4 月起，魏某某、覃某和陈某某未经权利人许可，在其开设网站上向公众提供涉嫌侵权文字作品，并通过广告联盟非法获利 150 万余元。

（三）重庆 269 小说网涉嫌侵犯著作权案

根据举报线索，重庆市版权部门会同公安部门对 269 小说网涉嫌侵犯著作权案进行调查。经查，自 2013 年起，步某未经权利人许可，在其开设网站上向公众提供 2 万余部涉嫌侵权文字作品，并通过广告联盟非法获利。

（四）江苏苏州风雨文学网涉嫌侵犯著作权案

根据权利人投诉，江苏省张家港市版权行政执法部门对风雨文学网涉嫌侵犯著作权案进行调查。经查，自 2013 年 5 月起，张某未经权利人许可，在其开设网站上向公众提供涉嫌侵权文字作品，并通过广告联盟非法获利 100 万余元。

（五）四川成都轻之国度、轻之文库网涉嫌侵犯著作权案

根据权利人投诉，四川省成都市、双流区两级版权行政执法部门会同公安部门对轻之国度、轻之文库网涉嫌侵犯著作权案进行调查。经查，网站未经权利人许可，向公众提供涉嫌侵权小说作品 5000 余部。

（六）北京一点资讯客户端软件侵犯著作权案

2016 年 8 月，根据权利人投诉，北京市版权行政执法部门对北京一点网聚科技有限公司侵犯著作权案进行调查。经查，该公司未经权利人许可，通过其运营的一点资讯客户端软件提供文字作品的资讯阅读服务。2016 年 8 月北京市文化市场行政执法总队对该公司作出罚款 5 万元的行政处罚。

......

在五花八门的精彩网文面前，读者也常常陷入两难抉择：好看的小说刚看到

一半，就需要付费阅读；舍不得花钱又想继续看下去，那该怎么办？于是，一些人自发选择去茫茫网络里搜寻免费的盗版资源。

因为需求的存在，盗版与网络文学的发展始终如影随形。

艾瑞咨询发布的《中国泛娱乐版权保护研究报告》显示，2017 年中国网络文学盗版损失依然严重，当年中国网络文学整体市场规模 127 亿元，因盗版损失达 74.4 亿元，占比超过 58%。有人认为，我国的网络文学盗版已经形成体系化、规模化的利益链条。

专业的盗版网站采用技术手段进行盗版，借助搜索引擎等进行推广，然后通过海量用户进入站点带来的流量获取巨额广告费用。在这个过程中，中小型盗版网站与广告联盟甚至搜索引擎已经形成坚实的利益链，加之盗版技术的隐蔽化、地下化，使得侵权盗版行为有利可图，难以根除。

不法分子的猖獗早已引起国家版权局等相关部门的关注，并展开了一系列整治行动。尤其是随着"剑网"等专项行动的开展，一大批专业化的大型盗版平台被打掉。

网络文学盗版的增长势头得到一定遏制，但盗版损失依旧巨大。归根结底，网络文学盗版屡禁不绝，其主要原因在于付出和收益的不对等。有专业人士认为，盗版的成本低、获益大，导致有形形色色的人想铤而走险去挣这个钱。

知乎上有网友分享称，盗版小说网站的建站成本低，技术门槛不高——"随便在境外买个 VPS 或者独立服务器，搞个域名就能开工"——网站源码有免费资源，甚至网站的排版和设计也可以抄袭别的盗版网站。

在内容采集方面，主要有软件自动盗文和人工盗文两种：前者主要通过爬虫、OCR 等软件技术，突破文学网站技术防御，从页面上抓取正版内容；后者则是盗版网站专门培育的一批以手打 VIP 付费文学为生的"网络打手"，也被称为"打手团"。他们通过手动输入的方式，将无法直接复制粘贴的网络付费文章输入文档传到网站上，并通过其背后的产业链，发散传播。

有网络知名作家发现，作品在连载的时候，正版网站更新不到两分钟，就能在网上看到几十万条盗版链接，无论采用什么防盗方式，盗版网站都可以采用人工手打的方式进行盗版，然后还会开发出电脑程序软件，直接盗版。

盗版网站的主要收益来自广告联盟，通过海量用户进入站点带来的流量获取巨额广告费用。

在盗版文学网站中看小说，广告是无处不在的，还会出现其他网站的友情链接以及弹窗游戏等。

《北京商报》曾报道称，一家中型盗版文学网站的年收益至少在180万元。国家版权局在"剑网2016"专项行动中通报的一批网络文学侵权案件也印证了这一点。比如，江苏苏州风雨文学网涉嫌侵犯著作权案中，张某通过广告联盟获利100万余元；广西南宁皮皮小说网涉嫌侵犯著作权案中，涉嫌侵权人通过广告获利，仅2014年3月至2015年10月，就达150万余元。

盗版网站是PC端和移动端用户获取正版网文作品最主要的渠道，也是网文侵权的重灾区。

随着互联网和新媒体技术不断发展，文库、贴吧、网盘、论坛、微博、微信等分享平台的网文侵权现象也日益严重。

一些怀有非法目的的分享、存储类网站及App通过各种奖励手段，鼓励用户上传侵权作品，自己则躲在"避风港原则"的"保护伞"下获取非法利益；甚至，有些网站、App伪装成分享、存储类平台或阅读工具，表面上看是用户上传的侵权作品，实则是平台运营方通过马甲号上传的。

而在盗版网文的具体传播呈现上，搜索引擎发挥了重要作用。调查表明，在百度搜索网文资源的，大多是冲着盗版去的。看的人越多，盗版网站的流量越多，也会增加它的百度权重。

据《南方都市报》多年前的报道，百度网站曾在搜索设置上对盗帖行为进行推介。对于大多数有一定知名度的网络小说，在百度上搜索书名，首页即推荐该作品的贴吧，吧主会将最新更新推荐在首页，以吸引读者阅读未经授权的作品。

但这种情况在2016年迎来重大改变。2016年5月23日，百度贴吧官方微博宣布，即日起发起全面整顿清查盗版内容行动，关闭数千个文学类目贴吧，待清查完毕后再向网友开放。其中，《鬼吹灯》《盗墓笔记》《琅琊榜》等众多热门网文贴吧均被封停。

也是在2016年，国内网盘倒闭潮开启，115网盘、UC网盘、金山快盘、腾讯微云、华为网盘、360网盘等相继宣布关闭，关闭原因几乎都是为配合国家有关部门积极开展网盘涉黄、涉盗版内容的清查工作。

在相关部门的多方打击下，论坛、贴吧、网盘等占比下沉，但在所有盗版网文传播渠道中，它们依然占据着重要位置。艾瑞报告显示，2018年，通过网（云）盘以及盗版资源种子站点两种途径下载盗版资源的用户都在40%以上。

盗版对正规网站和作者都有巨大伤害。

对作家而言，因为个人时间和精力有限，也没有搜索证据和取证的能力，在维权中几乎是无能为力。有的网络作家甚至遭遇过读者在盗版网站上刚看完更新，就跑到他所在平台的评论区里大放厥词的荒诞情形。

有着专业律师团队的平台在打击盗版时也只能挑其中最猖獗的一两家去告。比如，如果有20家网站盗版了作品，平台可能协商到其中两家下架，那还剩下18家得不到处理；而且，下架之后也可以再上传，并没有什么惩罚措施。对于一些小网站来说，平台只能发发律师函震慑一下，但起不到根本作用。

网文盗版维权难主要体现在三个方面：一是侵权主体身份、住所难以确定。为了隐匿身份、逃避监管，盗版网站通常不会做ICP备案，或者直接将网站服务器安在境外并注销境内备案信息。二是诉讼程序繁琐，且诉讼周期长，需要耗费很大的成本和精力。三是收益与付出不成正比。2021年6月新著作权法施行之前，按照规定，著作权侵权案件的最高法定赔偿额为50万元，惩戒力度相对较低。从已有的司法判例来看，网络文学这块的判赔金额普遍比较低，并未参考《使用文字作品支付报酬办法》原创作品每千字80元至300元的标准。

尽管维权困难重重，但从近几年的一些维权案件中，已经可以看出一些知名作家维权的决心。2010年盛大文学状告百度文库侵权，南派三叔等22名网络作家发表维权联合声明；2011年，韩寒、慕容雪村等4位作家起诉百度侵权；2015年，《九州缥缈录》作者江南起诉苹果公司侵权……这些案件最终都是作家胜诉，其中江南诉苹果一案历时3年多。

在立法层面，2021年6月开始实施的新修改的著作权法规定了惩罚性赔偿原则，提高了法定赔偿额上限，强化了技术保护措施和著作权行政执法，但是与之相配套的《著作权法实施条例》《信息网络传播权保护条例》《著作权集体管理条例》《著作权行政处罚实施办法》等行政法规和部门规章亟待修改和完善。同时细化和完善"避风港原则"，不能让该原则成为侵权人逃避法律责任的"避风港"。

在司法审判层面，应当提高侵权盗版的违法成本，加大对网络侵权盗版行为的惩治打击力度，遏制商业诉讼维权。针对网络版权纠纷数量大、逐年攀升的特点，应当与著作权集体管理组织、专业版权机构建立诉调衔接机制，完善版权纠纷司法调解机制，减轻司法机关的诉累，让司法机关成为公民维护自身权益、维护社会公平正义的最后一道防线。

在执法层面，需要相关主管和监管部门加强联合执法，建立健全版权信用监管体系，建立严重侵权失信主体黑名单和联合惩戒机制，持续开展剑网行动，推动建立专业化版权纠纷调解机构，加大社会共治，持续打击网络文学侵权盗版行为，加大著作权行政执法的惩治处罚力度。

国家版权局联合多部门开展的剑网行动已经持续多年，在 2016 年开展的打击网络文学侵权盗版的"剑网 2016"专项行动中收获颇丰，端掉了顶点小说网、269 小说网、风雨文学网、轻之文库等多个盗版网站，之后的"剑网 2017"行动则打掉了皮皮小说网和吹妖动漫网。

近两年，阅文、掌阅等头部网络阅读平台已经建立起系统的检测处置机制，用于盗版维权。阅文还在业内发起了"正版联盟"，据披露，2018 年一年，已成功处理下架侵权盗版链接近 800 万条。掌阅在 2019 年成功阻断侵权盗版链接 230 万余条，已起诉 6 个侵权主体，共 40 个民事案件，涉及 50 部作品，起诉金额达 1600 万余元。

得益于持续大规模反盗版行动的开展以及移动端正版化渠道的不断开拓，移动端网络文学盗版损失已经出现显著下滑。有分析认为，在集中治理下，移动端盗版损失注定还会继续下滑。PC 端因为缺乏有效监管，盗版损失可能会出现一定反弹，但也不会呈现大规模爆发的态势。

四、为启蒙教育保驾护航

少儿出版物的盗版问题，是历年来剑网行动整治的重点。

"启蒙教育，对尚未接触过世界的孩子来说至关重要。对于孩子成长过程中的性格养成甚至是心理健康，都有着深远的影响。"

"遗憾的是，伴随着正版儿童读物在市场上的销量越来越高，一些盗版也随之诞生了。盗版图书对孩子们的身心健康很不利。打击盗版少儿图书势在必行。"

众多中小学教育专家如是担忧。或许，有家长会觉得，不管正版盗版，只要孩子能阅读就行。事实上，盗版图书尤其是各类绘本，不仅没有正版的阅读体验感高，还会对孩子的身心健康造成重大伤害。

其一，因为成本的问题，不法商家在印刷书籍的时候往往会使用质量低劣的材料，比如本身就是残次品的油墨，不合格的油墨会散发出刺鼻的味道。孩子长时间阅读盗版书，因为不断吸入具有刺激性的气体，呼吸系统就会受到损害，甚至还会造成大脑发育迟缓。

其二，用料的低劣，决定了盗版图书无论色彩还是图案都会存在很大的问题，比如绘画图案不清晰、色彩搭配不协调，等等。这些问题会抑制孩子的艺术感觉，影响孩子艺术方面能力的提升，甚至还会把孩子的鉴赏力带入歧途。

其三，纸张很薄，意味着绘本反光感很强，也极容易出现透页现象，孩子阅读的时候就需要注意力特别集中，如此一来眼睛极易产生疲劳感，很容易造成近视。

其四，很多盗版书没有经过严格校对，存在错别字、用词不当、句子不连贯等问题，甚至存在逻辑上的漏洞，容易对孩子造成误导，对孩子的成长造成不良影响。

其五，盗版图书常常使用有安全隐患的骑马钉，且不对纸张的切口做任何处理，书页锋利的切口很容易割伤孩子。

2014年元旦前夕，北京市"扫黄打非"工作领导小组办公室协调市文化执法总队等有关单位，成功破获了淘宝网"阳光教育"网店销售盗版少儿出版物案。王力、姜维等4名犯罪嫌疑人被刑事拘留。该案涉及的侵权作品数量多、规模大、传播广，被列为全国"扫黄打非"工作小组办公室挂牌督办重点案件，是全国"加强少儿出版管理和市场整治"专项行动以来首例对犯罪嫌疑人进行刑事处理的案件，也是剑网行动中的一个典型案例。

2013年10月14日，北京市文化执法总队接到举报，反映淘宝网"阳光教育"网店销售大量盗版音像制品及盗版书籍。市文化执法总队立即开展了案件前期调查取证工作，发现"阳光教育"网店在网上大量销售涉嫌盗版的少儿出版物、少儿动画片及少儿音乐光盘。

经初步核查，该网店建于 2006 年 3 月 12 日，所在地北京。网店销售商品共计 35 类，其中包括音乐儿童童话故事、红黄蓝早教教案、热门动画片精选等，销售涉嫌侵权的国外动画片达 150 部，销售涉嫌侵权的清华出版社《清华幼儿英语语感启蒙》及《清华幼儿英语》光盘达 640 部，累计交易已达 3.3 万次。仅 2013 年 6 月至 10 月，其销售金额已达 16 万元。

北京市"扫黄打非"工作领导小组办公室协调市有关部门迅速对上述少儿出版物进行鉴定，发现均为非法出版物。

市文化执法总队将案件线索和鉴定证明等有关材料移交给市公安局海淀分局刑侦支队，由市文化执法总队牵头，与海淀区检察院、海淀区公安分局等有关单位缜密侦查，在掌握确凿证据的基础上，2013 年 12 月 23 日，对犯罪嫌疑人实施抓捕，现场扣押盗版光盘 6203 张、电脑主机 3 台、笔记本电脑 1 台。

据网店负责人交代，该团伙以"阳光教育"为主站，共经营了 5 家淘宝店，包括"爱婴乐园 99""宝宝贝贝""与梦飞翔""天才管家"等 4 家网店为附店，在网上大量销售侵权盗版作品。

保驾护航的行动持续了多年。2022 年 2 月，中宣部版权管理局、中宣部印刷发行局、中宣部反非法反违禁局、公安部食品药品犯罪侦查局、教育部教材局、文化和旅游部文化市场综合执法监督局联合启动"青少年版权保护季"行动，严厉整治教材教辅、少儿图书等领域侵权盗版乱象，重点打击盗版盗印，非法销售，网络传播侵权、盗版思想政治理论课教材教辅、畅销儿童绘本等违法犯罪行为，重点加强开学季及假期出版物市场、印刷企业及校园周边书店、报刊摊点、文具店、打字复印店等场所的清查摸排，加大对电商平台传播、销售侵权盗版教材教辅、少儿图书的版权监管力度，对权利人和广大家长意见强烈、社会危害大的案件依法从严、从快查办，对涉嫌构成犯罪的案件及时依法移送公安机关追究刑事责任。

同时，集中行动加强对电商平台的监管，落实电商平台的主体责任，强化对青少年版权保护的教育引导，共同构建青少年版权保护社会共治体系。此外，还公布了一批各地查办的制售传播盗版教材教辅、少儿图书的典型案例，这对维护良好的出版物市场版权秩序、保护青少年身心健康、警示盗版违法犯罪具有重要意义。

人民网撰文指出："打击盗版教材是强化保护知识产权的应有之义，也是保护青少年健康成长的必然要求。保护青少年不仅是有关部门的责任，也是家长、学校和全社会都应高度重视的工作。学校和家长要注重强化对青少年版权意识的教育，让广大未成年人了解版权保护和识别盗版制品的相关知识，引导青少年拒绝盗版、远离有害出版物。构建青少年版权保护社会共治体系，为青少年健康成长保驾护航，需要全社会共同努力。"

五、盗版网站倒下的那一刻

早在剑网行动剑锋指向红极一时的人人影视之前，就有人指出，在全面加强知识产权保护工作的背景下，人人影视的彻底倒下应该只是时间问题。

重锤落下。

2021 年 11 月 22 日，上海市第三中级人民法院公开开庭审理了上海市人民检察院第三分院提起公诉的被告人梁永平涉嫌侵犯著作权罪一案，并当庭作出一审判决，以侵犯著作权罪判处被告人梁永平有期徒刑 3 年 6 个月，并处罚金人民币 150 万元；违法所得予以追缴，扣押在案的供犯罪所用的本人财物等予以没收。

对于创始人梁永平被抓一事，22 日，人人影视官微表态称："还是承认了吧，人人影视不可能再恢复或重启。App 的尸体可以删了，我们不可能解决得了版权问题。"并表示，涉案程序员工资是根据其开发技术支付的报酬，人人影视生存了十几年，很多程序员参与过开发网站、制作字幕的软件以及后来的 App，这也是广告等收入的主要用途。"可没想到最终会连累他们一起犯罪"。

对国内的美剧爱好者而言，人人影视曾经是人人向往的"圣地"。早年，随着互联网时代的到来，海外影视引进制度无法跟上互联网的迅猛发展，国内的美剧爱好者可以在网上获取丰富的海外影视资源，看美剧再也不用盯着资源贫乏的电视台了。

虽说原始资源有了，但并非所有网民都能听懂英文对话。需求产生市场，随着海外剧迷群体的不断壮大，各种字幕组如雨后春笋般地成长起来。

2003 年，在加拿大华裔留学生"小鬼神"的牵头下，人人影视的前身——YYeTs 字幕组正式成立，专门制作海外影视字幕。

2006 年，人人影视成立 YYeTs 美剧论坛，用于分享热播、经典美剧。

2007 年，YYeTs 字幕组正式改名为如今的人人影视字幕组。

在那个字幕组的黄金年代，人人影视由于翻译速度快、海外片库全、提供"熟肉资源"而非外挂字幕等原因，快速积累了大批美剧粉丝。可以说，对于钟爱欧美剧集的网友来说，人人影视就是一个绕不过的名字。如果没有字幕组，美剧的死忠粉丝可能不会有那么多。

自 2006 年成立以来，人人影视翻译了《迷失》《生活大爆炸》《权力的游戏》《废材联盟》等多部知名海外作品。

然而，随着字幕组知名度的不断提升，人人影视的经营状况却在不断陷入困境。对于免费共享海外剧集的字幕组网站而言，版权和营收是一直以来都绕不开的问题。何况，早在 2009 年 4 月国家广电总局就出台了《关于加强互联网视听节目内容管理的通知》，其中就明确强调，"未取得许可证的境内外影视作品一律不得在互联网上传播"。

身陷版权侵权困境多年以后，人人影视字幕组终于伏法。

2021 年 1 月 4 日，有网友发现，人人影视字幕组 App 已无法使用，人人影视 PC 版网页公告称："我们正在清理内容！所有客户端均无法正常使用。"

2021 年 2 月 3 日上午，上海市公安局召开新闻发布会，通报上海警方侦破国家版权局、全国"扫黄打非"工作小组办公室、公安部、最高人民检察院 4 部委联合督办的特大跨省侵犯影视作品著作权案，也即人人影视字幕组侵权案。

上海警方表示，人人影视字幕组 App 及相关网站，在未经著作权人授权的情况下，通过境外盗版论坛网站下载获取片源，以约 400 元 / 部（集）的报酬雇人翻译、压片后，上传至 App 服务器向公众传播，通过收取网站会员费、广告费和出售刻录侵权影视作品的移动硬盘等手段非法牟利。

"现初步查证，各端口应用软件刊载影视作品 20000 余部（集），注册会员数量 800 余万。目前，警方已抓获以梁某为首的犯罪嫌疑人 14 名，查处涉案公司 3 家，查获作案用手机 20 部和电脑主机、服务器 12 台，涉案金额 1600 余万元。"

随后，人人影视字幕组因盗版视频被查的词条，迅速冲上微博热搜。不少网友感慨，就此失去了承载美好记忆的快乐源泉。还有网友感叹道，没想到注册用户 800 多万人，这么多年下来获利才 1600 万元，相当于平均每个人只交两块钱，字幕组是在做"义务劳动"吗？

通常，剧迷们在描述字幕组时，往往都会用一个词——"为爱发电"。而字幕组现象最早在 2000 年初出现，反映了当时国内观众对高质量影视文化的需求。在未经授权的情况下，翻译并大范围传播影视作品的行为，不在法律允许的范围之内。为了规避风险，很多字幕组都将自己定位为影视剧爱好者的交流论坛，并且在资源里注明"爱好者交流所用""不作商用"等免责声明。

但无论抱着怎样的情怀和初衷，字幕组始终都在法律的灰色地带游走，版权的达摩克利斯之剑随时可能落下：射手网等老牌字幕组，直接关站；人人影视在彻底倒下之前，就曾多次经历版权危机。

2010 年 8 月 19 日，人人影视的网站第一次被关停，服务器被没收。几天后，人人影视网站发布公告称，准备将服务器搬到海外，并通过"捐助声明"公开向网友募捐筹款，重新购买技术设备。

2014 年 10 月，人人影视被美国电影协会点名为盗版网站。一个月后，人人影视因涉嫌传播盗版制品，部分服务器被查封。有消息称，版权局查封了人人影视的 5 台服务器，原因是"未经授权翻译影视作品"。12 月，人人影视网站正式关闭，称"现在有更好的渠道代替了我们"。

2015 年 2 月，人人影视转型美剧社区重新上线，设立以分享和发布影视资讯为主的论坛，称"不再发布影视资源"，但论坛里仍有替代账号发布内置字幕、外挂字幕及影视下载链接。

在处理版权方面，相关资料显示，人人影视曾尝试与版权所有者合作，如 2017 年与平遥国际电影节合作完成 40 余部参展电影翻译；2018 年 7 月与天津体育 IPTV 合作译制休闲体育视频等。

据了解，人人影视的收入主要分为三块，分别是会员收入、广告收入及出售硬盘。此外，官网显示人人影视同时从事商业翻译合作、词典等业务。在资金方面，人人影视一直面临不小的压力。

2017 年 8 月，人人影视发布微博自曝出现资金问题，称因研发客户端，储备资金所剩无几，希望网友下载与注册一款游戏，帮助获得推广费。2018 年 3 月，人人影视通过官方微博宣布尝试接受数字货币捐款，从而减轻客户端的带宽压力和开发支出压力，并在官网附上了接受捐款的比特币、以太坊和比特币钱包的地址。有资深用户回忆称，捐赠 200 元能获得无限 VIP，享有 App、TV 端无限在线观看权和免广告权。

支出方面，字幕组工作多是义务劳动，实际人员支出成本不高。从事过一年字幕组工作的相关人员透露："字幕组工作细分为时间轴、译员、校对等，一部剧集翻译多则需要四五人，少则二三人，通常通过微博、公众号等社交平台招揽志愿者，参加者多是出于兴趣的学生，没有报酬。"

"字幕组的商业模式问题很大。"上海某律所的游律师在接受媒体采访时曾说，"未经许可翻译并发布字幕侵犯了版权人的翻译权，这个是民事侵权。如果把字幕和影片一起发布则侵犯信息网络传播权，被起诉要赔钱。如果收费下载或者开会员的，收入到一定程度就可能触犯刑法了。"

伴随内容供给生态变迁和版权监管的日趋严格，游走在法律边缘的字幕组的生态无疑将更加艰难。

"要摆脱侵权指控的困扰，字幕组必须改变原有的模式，而改变原有模式的核心就是要获得原作品权利人的授权。"北京市某律所赵律师建议，可以考虑和有资本的影视 App 合作，由其引入优秀的影视作品，字幕组提供优秀的翻译技术。字幕组有一定的资金积累后再自行引入一些其他影视平台没有引入的作品。如此，能够形成一个良性的循环，保护各方的利益。

同时，字幕组也可以考虑转型。目前国内的影视 App 也经历过会员制的转型，加之当今社会越来越浓郁的版权保护氛围，社会公众对于版权保护也有很大的认同感，很多观众愿意付费观看优秀的国外作品。所以，在市场和时机成熟时，字幕组也可以考虑进行会员制转型，届时也会吸引更大的资本注入。

虽然国内尚无法直接观看 Netfilx、disney+ 等国外流行媒体平台，但 2011 年以后，国内各视频平台逐渐壮大，并大力引进海外影视作品，例如 2014 年爱奇艺曾独家引进热播韩剧《来自星星的你》，当时播放量近 28 亿；腾讯也曾在 2014 年与 HBO 战略合作，独家引进《权力的游戏》等 900 集美剧。

在引进海外版权的过程中，不少字幕组也和视频平台合作剧集翻译。例如，凤凰天使 TSKS 韩剧社就负责了《来自星星的你》的翻译，当时为了保障时效性，字幕组成员几乎要用 3 小时翻译完一集剧集。

腾讯在引进播出《权力的游戏》时，也曾试图与国内最早翻译《权力的游戏》

的衣柜字幕组合作，但因腾讯每集 200 至 300 元的价格太低，没能谈成。腾讯版《权力的游戏》被观众吐槽不少，大家主要不满于其过度删减以及翻译不佳等问题，但该剧仍然为腾讯一年增加了 2000 多万付费会员。

随着其后的一审宣判，关于人人影视的更多细节也进一步对外公开。

据查明，自 2018 年起，梁永平先后成立武汉链世界科技有限公司、武汉快译星科技有限公司，指使下属聘人开发、运营"人人影视字幕组"网站及安卓、苹果、TV 等客户端；聘用谢京鲁等人组织翻译人员，从境外网站下载未经授权的影视作品，翻译、制作、上传至相关服务器，通过所经营的人人影视字幕组网站及相关客户端为用户提供在线观看和下载服务。

经审理及鉴定，人人影视字幕组网站及相关客户端内共有未授权影视作品 32824 部，会员数量共计约 683 万人。其间，被告人梁永平以接受"捐赠"的名义通过涉案网站及客户端收取会员费；指使谢京鲁以广西三江县海链云科技有限公司等公司的名义，对外招揽广告并收取广告费用；指使丛军仁对外销售拷贝有未授权影视作品的移动硬盘。经审计，自 2018 年 1 月至案发，通过上述各渠道，非法经营额总计 1200 万余元。一审判决以侵犯著作权罪判处被告人梁永平有期徒刑 3 年 6 个月，并处罚金人民币 150 万元。王某某等 14 名从犯因侵犯著作权罪被判处 1 年 6 个月至 3 年不等的有期徒刑，适用缓刑，并处罚金人民币 4 万元至 35 万元不等。一审判决后，15 名被告人均未上诉。

人人影视字幕组网站会员数量庞大、涉案侵权作品数量众多，执法部门虽多次对其进行查处，但其仍反复逃避监管，实施侵权牟取非法利益，社会影响恶劣。侦办过程中，执法部门与检察院、鉴定机构数次研究，多维度取证固证，获得检法部门对于案件定性、证据效力的认可。

本案对侵犯著作权罪中涉及的"未经著作权人许可"复制发行、作品数量、取证固证、单位犯罪等问题的认定，对类案审理具有借鉴意义。该案的查办充分彰显了我国平等保护中外著作权人的合法权益、营造良好营商环境的决心与能力。

2023 年 2 月 28 日，在中央宣传部（国家版权局）主办的第七届中国网络版权保护与发展大会上，上海人人影视字幕组网站侵犯著作权案入选中宣部版权管理局和全国"扫黄打非"工作小组办公室发布的"2021 年度全国打击侵权盗版十大案件"。2023 年 9 月 15 日，最高人民检察院发布第四十八批指导性案例，该案入选。

必须承认，近年来，我国对于版权保护以及侵权行为的监管日益趋严。

2019 年 1 月 2 日，全国"扫黄打非"工作小组办公室通过官方微信公布了对 BT 天堂站长的判决结果，并称江苏省淮安市中级人民法院近期以侵犯著作权罪，判处被告人袁发刚有期徒刑 3 年，并处罚金 80 万元。

这个案子同样是剑网行动当中的重要案件。

2016 年，江苏省淮安市公安机关在网上巡查中，发现 BT 天堂网站涉嫌未经他人许可传播他人影视作品，且作品数量、网站访问量巨大，市文化行政综合执法支队、市公安局网安支队迅速成立专案组展开调查工作。

经查，袁发刚以营利为目的，在未取得相关影视作品著作权人许可的情况下，将大量影视作品的磁力链接、种子文件链接发布在其管理运行的 BT 天堂网站上，供网民点击下载以赚取广告收入。经其经营维护，该网站涵盖与侵权影视作品相关的独立关键词 1140 个，在搜索引擎中排名第一。

公开资料显示，在警方刑事打击前，BT 天堂已成为名副其实的国内"BT"第一站。2015 年 5 月至 2016 年 7 月，袁发刚通过收取广告费用非法获利 140 万余元。同年 9 月，被告人袁发刚因涉嫌侵犯他人影视作品著作权、非法牟利被公安机关抓获。

江苏省淮安市中级人民法院法官表示："使用作品运用作品的时候，都要有一个尊重知识产权的意识；从网上下载影视作品，也要有一个尊重知识产权的意识。未经著作权人同意擅自传播的话，可能构成侵犯知识产权罪。"

新著作权法加大了对侵权行为的打击力度，对于故意侵权且侵权行为情节严重的，可以适用 1 倍以上、5 倍以下的惩罚性赔偿。同时将法定赔偿额上限由 50 万元提高到 500 万元，增加责令侵权人提供与侵权行为相关的账簿资料制度等一系列执法手段与规定。

后记

这是来自权利人——作家、新媒体人、摄影家、制片人等广大文艺、科技创作者的声音。

据我所知,多年前在欧美国家,作家写完书稿后,常常要把书稿封起来寄给自己。因为在寄回的信封上有邮戳显示的日期,以此来证明创作这部书稿的时间节点。现在,科技发达了,国内的"时间戳"和"区块链"技术在实践中也已被司法界认可。"时间戳"可以通过一种技术认证,把作品创作时间固定下来。"区块链"有一种叫"NFT"的玩法,简单说就是有一串代码,从创作到之后的复制、买卖等所有流转过程中都会始终附着在你的数字化产品上,为艺术家提供了新的权利保护思路和技术。

最新科技与知识产权法律结合，权利人的利益得到了更好的保障……是的，我一直在关注这些可以维护我们文字著作权的最新科技。

我国著作权法在 2001 年参考《伯尔尼公约》的表述引入"以类似摄制电影方法创作的作品"（以下简称"类电作品"），根据我国《著作权法实施条例》的规定，电影作品和类电作品，是指摄制在一定介质上，由一系列有伴音或者无伴音的画面组成，并且借助适当装置放映或者以其他方式传播的作品。

但是在司法实践中，到底什么是类似摄制电影的方法仍存争议。著作权法中的"作品"一般以其表现形式进行分类，如文字作品、美术作品，如果电影作品与类电作品也以其创作方法作为认定标准，可能会与著作权法的理念不相符合。

随着视频产业的发展，不少视频尤其是短视频，包括司法实践中常见的动画、Flash 作品，并非按照传统的电影摄制方法创作，如果将保护标准设定为"类似电影摄制方法创作"，过于机械且不符合"常识"。在新著作权法的修订过程中，立法者结合司法实践，将以连续画面作为表现形式的作品统一命名为视听作品，不仅解决了电影作品与类电作品保护上的难点，也在立法标准上更加务实，更有助于权利人与裁判者的适用。为此点赞！

这些年，我们许多作家勇敢地冲在维权一线。比如郑渊洁实名举报图书盗版案件，盗版商被行政处罚，并判刑入狱；比如意大利经典文学作品《爱的教育》译者王干卿诉多家出版社剽窃维权；比如天下霸唱将侵权出版社及合作方诉至法院，索赔千万元；比如庄羽诉郭敬明《梦里花落知多少》剽窃《圈里圈外》侵权胜诉等。我们越来越多的作家，遇到版权纠纷，第一时间想到的是：要尊重我们的权利，诉诸法律！

习近平总书记强调，知识产权保护工作关系国家治理体系和治理能力现代化，关系高质量发展，关系人民生活幸福，关系国家对外开放大局，关系国家安全。

一个强大的创新中国，有赖于知识产权的精细保护，既要保护既有的智力成果，也要保护未来种种创新的可能性。"十年磨一剑"的新著作权法，凝结了中国发达的互联网技术应用的发展成果，也寄托着建设文化强国、知识产权强国的期待。

这是中国作家协会对广大作家版权的切实守护——

2023 年 4 月 21 日，由上海文化产权交易所与中国作家协会权益保护办公室基于国版链共建的全国文学作品著作权数字化保护与开发平台（以下简称"数字化保护与开发平台"）正式启动。数字化保护与开发平台向广大作家征集优秀文学作品，推动更多文学作品实现"跨界"生长；遴选作品改编为剧本游戏等演绎类作品，推动文化市场新业态发展；向广大作家提供数字版权全链条保护和文学版权数字化价值守护。

数字化保护与开发平台的成果在现场集中展示。自 2022 年 3 月上线试运行以来，已有近 800 位作者在数字化保护与开发平台登记优秀作品 3000 多部，涵盖长篇小说、报告文学、网络文学、影视剧本等多种文学体裁。已登记作品中包括入选"五个一工程"奖的作品《靠山》《陈土豆的红灯笼》，入围 2020 年"中国好书"的作品《逐光的孩子》，入围 2011 年第九届茅盾文学奖的作品《辛亥舰队》以及多位省作家协会主席的作品。《靠山》作为数字化保护与开发平台成功交易的首例项目，是国版链成功交易的首例项目，亦是全国文学版权以数字人民币成功交易结算的首例项目。至此，数字化保护与开发平台已成为高质量作品的衍生转化地；广大作家反响热烈，提高了作家群体的著作权保护意识，有利于将优秀作品推向影视等其他内容产业市场；文学作品的数字化开发得到强有力支撑，为其他领域数字化合理有序发展提供了可借鉴经验。

活动现场，版权数字化运营管理服务平台宣布上线。《靠山》《芬芳大地》《河豚计划》等首批影视作品，《陇山塬》《红色的宣言》《孟婆传奇》等首批数字出版作品经国版链登记后分别与相关影视、出版企业签约。

"著作权作为知识产权的组成部分，在建设文化强国、知识产权强国进程中的地位越来越重要……我们要全面提升著作权的创造、保护、管理和服务水平，最大限度挖掘文学作品潜能和空间，切实提高广大作家的幸福感获得感，激发全社会创新活力，奋力推进新时代文学高质量发展。"中国作家协会权益保护办公室负责人如是说。

习近平总书记指出，"文明因交流而多彩，文明因互鉴而丰富。文明交流互鉴，是推动人类文明进步和世界和平发展的重要动力"。

面向未来，必须加快构建中国话语和中国叙事体系，从多个方面讲好中国故事、传播好中国声音，自觉加强国际传播能力建设，提升传播效能，努力在各个领域形成同我国综合国力和国际地位相匹配的国际话语权。

新时代新征程，不断走出国门的优秀作品，正滔滔不绝地向世界讲述中国版权故事——

自 2008 年以来，世界知识产权组织和中国国家版权局每两年联合进行"中国版权金奖"评选，这是我国版权领域最高奖项，也是我国版权领域唯一的国际奖项，旨在通过鼓励和表彰在版权创作、推广运用、保护和管理等方面作出突出贡献的个人和单位，从而推进中国版权事业进步，激发全社会创新创造活力，为促进科技进步、文化繁荣和经济增长贡献力量。

莫言的《红高粱》、刘慈欣的《三体》、曹文轩的《青铜葵花》、余华的《活着》、杨红樱的《笑猫日记》等多部作品，郑成思、郑渊洁、张抗抗以及公安部治安管理局、中宣部宣传舆情研究中心（"学习强国"学习平台）、中国文字著作权协会等多个个人和单位获奖。

2022 年，世界知识产权组织版权保护优秀案例示范点调研项目"IP 与创意产业：景德镇故事"启动，江西景德镇成为继江苏南通家纺产业、福建德化陶瓷产业、江苏吴江丝绸产业之后，第四个世界知识产权组织版权保护优秀案例示范点调研项目。

版权贸易是中外文化交流、文明互鉴的重要形式。版权贸易可以让文学作品的国际市场价值得到更大限度的发掘和体现，让作家、翻译家获得国际社会的尊重，激发作家、翻译家的创作积极性。

2023 年是"一带一路"倡议提出 10 周年。版权贸易与国际版权合作在向世界推广传播中国文学，向世界讲好中国版权故事、推动中外文明交流互鉴过程中发挥着无法替代的独特作用。

中国作家协会、中国文字著作权协会、出版机构、影视机构、网文平台和作家们通过版权贸易与版权合作等形式，利用各种国际展会、版权研讨会、访问和交流等一切机会，积极开展版权引进和输出，向海外输出文学作品，同时充分发挥海外汉学家、出版机构、版权机构、友好机构和我国外交领事机构等优势，整合海内外资源，开展中国文学作品海外营销推广。

文著协和俄罗斯翻译学院组织实施的"中俄现代与经典文学作品互译出版项目"，是中俄两国重要的人文文化合作项目，中国 50 部文学作品在俄罗斯出版，赠送俄罗斯、白俄罗斯、乌克兰、哈萨克斯坦、阿塞拜疆等国家。从俄罗斯莫斯科、圣彼得堡，到远东地区的海参崴、西伯利亚地区的伊尔库茨克等实体书店和网上书店均有销售"中俄现代与经典文学作品互译出版项目"的中国文学成果。

南开大学谷羽教授翻译的俄文版《唐诗 300 首》《风的形状——中国当代诗歌选》获得俄方高度认可，中俄文版图书入选国家"十三五出版规划"，获得国家出版基金资助。

教材走出国门。文著协自 2008 年成立以来，连续多年为英国、日本、韩国、俄罗斯、新加坡和我国香港、澳门地区华文教材教辅解决作家整体授权和稿酬转付问题，逐步拓宽海外华文教材传播中华文化的稳定渠道和网络。

"中俄文学作品互译出版项目"部分中国文学作品俄文版

输出老舍作品《二马》《猫城记》全球英文版，纸书、电子书至今畅销不衰。

输出《狼图腾》《尘埃落定》《吃货辞典》《共抗法西斯》俄语、乌克兰语版。经网友历时一年投票，《吃货辞典》俄文版获得俄罗斯"2022 阅读彼得堡：最佳外国作家二等奖"。

2019 年，在中华人民共和国成立 70 周年、中蒙建交 70 周年之际，文著协高效解决蒙古国出版《70 年 70 位中国作家 70 部作品》（上下卷）的授权。

2023 年，文著协输出毕飞宇的《青衣》、蓝蓝的《身体里的峡谷》塞尔维亚语版权。

2023 年 8 月，第十一届茅盾文学奖评选结果揭晓，广西文联主席、广西作协主席东西的长篇小说《回响》等 5 部作品获奖。在获奖之前，东西的《回响》已在俄罗斯、越南翻译出版，已输出法语、韩语版权。刘亮程的《本巴》已输出阿拉伯语、哈萨克语版权，《一个人的村庄》输出韩语版权，《捎话》的英语和阿拉伯语版已出版，也输出马其顿语版权。

2023 年，文著协输出巴金的《家》、冯骥才的《神鞭（短篇小说集）》、苏童的《碧奴》等经典名作俄文版权，八旬素人作家杨本芬的长篇小说《我本芬芳》将由俄罗斯电信集团翻译发行俄语版电子书。

讲述国际友人伊莎白·柯鲁克献身中国解放事业和英语教育事业的报告文学《我用一生爱中国：伊莎白·柯鲁克的故事》已输出英语、俄语、法语、哈萨克语等 21 个语种版权。《我心归处是敦煌：樊锦诗自述》已输出俄语、英语、波斯语、阿拉伯语、土耳其语、印地语、哈萨克语、柬埔寨语版权。

随着刘慈欣获得世界科幻最高奖"雨果奖"、电影《流浪地球》《流浪地球2》全球上映以来，《三体》三部曲已经在海外翻译出版了 30 多个语种，中国的科幻科普作品在海外引发更多关注。

中国新闻出版研究院发布的《2022—2023 年中国数字出版产业年度报告》显示，截至 2022 年年底，中国网络文学共向海外输出作品 1.6 万余部，包括实体书授权超过 6400 部，上线翻译作品 9600 余部。2022 年，网络文学海外市场规模突破 30 亿元，海外用户超过 1.5 亿人，主要集中于"Z 世代"。中国科幻科普文学、网络文学、生态文学已经成为近年海外重点关注的中国文学题材。

文著协向俄罗斯输出邹静之、刘恒等剧作家作品集《当代中国剧作选》俄文版。

文著协继 2019 年向俄罗斯输出诺贝尔文学奖得主、中国作协副主席莫言的《我们的荆轲》的俄语话剧版权，2023 年年初又向俄罗斯输出莫言的长篇小说《蛙》的俄语话剧版权，该剧成为 30 多年来搬上俄罗斯剧院大剧场的首部当代中国话剧，首演大获成功，该剧获得俄罗斯国家戏剧最高奖——"金面具奖"八项大奖提名。2023 年 12 月 6 日至 11 日，俄罗斯普斯科夫市普希金模范话剧院举办"莫言艺术节"，举行一系列中国作品展销、展演、展映活动，书店举行莫言等中国名家作品俄文版展销，老舍的《龙须沟》、曹禺的《雷雨》、邹静之的《我爱桃花》、刘恒的《窝头会馆》等多部中国经典话剧片段排演，邹静之、刘恒等中国著名剧作家剧本片段朗诵，张艺谋执导的《红高粱》《幸福时光》等中国电影展映，举办"莫言与中国当代文学"讲座等。12 月 11 日，在"莫言艺术节"的收官活动"北京—圣彼得堡—普斯科夫"三地视频连线"中俄文化对话会"上，莫言与俄罗斯冬宫博物馆、圣彼得堡国立大学、普斯科夫普希金模范话剧院、中国文字著作权协会的专家学者艺术家，围绕"俄罗斯与中国的文化关系""俄罗斯与中国：代代相传的友谊"等话题进行对话，并与中俄媒体和专家互动。俄方表达了继续引进中国当代剧作家作品和来华演出的强烈愿望。近 10 年来，随着莫言、刘慈欣、曹文轩、刘震云、余华等作家的作品在俄罗斯规模化出版，越来越多的俄罗斯读者通过文学了解立体生动、充满活力的中国。

2023 年 10 月 6 日至 18 日，第三十三届"波罗的海之家"国际戏剧节在俄罗斯圣彼得堡举行，俄语话剧《蛙》作为戏剧节开幕大戏，再次受到俄罗斯观众的喜爱和好评。

文著协发挥自身海外渠道、海外资源和版权贸易优势，大力加强图书、戏剧版权贸易与版权合作，也引进俄罗斯、美国、英国、比利时、爱尔兰等国的图书、戏剧作品，积极践行"一带一路"倡议，发挥版权贸易与版权合作在中外人文文化交流、文明交流互鉴中春风化雨、润物无声的重要作用，逐渐筑牢我国全方位对外开放的人文文化基础和社会民意基础。

习近平总书记指出："必须牢牢把握社会公平正义这一法治价值追求，努力让人民群众在每一项法律制度、每一个执法决定、每一宗司法案件中都感受到公平正义。"

莫言作品《蛙》俄文版话剧海报

  著作权法律体系的不断完善，是鼓励原创、保护创新、推动版权事业和版权产业高质量发展的重要制度保障。

  著作权保护配套法规修改完善亦在进行时。

  作为新修改的著作权法的实施机关、执行部门，国家版权局深入推进著作权法的实施工作，修订、制定与著作权法配套的行政法规、部门规章、规范性文件，完善版权法律制度，强化版权顶层设计。在完善著作权法配套法规方面，加快推进《著作权法实施条例》《著作权集体管理条例》《民间文学艺术作品著作权保护条例》等配套法规的修订、制定工作；在健全版权管理制度方面，加快推进《作品自愿登记试行办法》《计算机软件著作权登记办法》《著作权行政处罚实施办法》《举报、查处侵权盗版行为奖励暂行办法》等规章和规范性文件的修改完善，健全著作权登记体制和执法机制。

根据著作权法和《关于为盲人、视力障碍者或其他印刷品阅读障碍者获得已出版作品提供便利的马拉喀什条约》，制定了《以无障碍方式向阅读障碍者提供作品暂行规定》；在深入开展版权调研方面，继续开展中国版权产业经济贡献、重点领域和作品网络版权监测分析、中国网络版权产业年度发展、中国版权保护年度状况、新技术在版权领域应用、版权国际应对宏观策略及具体问题、民间文艺版权保护、阅读障碍者使用作品等调研，深入分析新形势、新任务，研究新思路、新举措，为版权工作高质量发展提供支持。

最高人民法院也在制定、修正相关的司法解释，批准设立知识产权法院、知识产权法庭，定期发布典型案例、指导案例，为全国司法机关审理版权纠纷案件统一裁判标准提供指导和指引。最高人民检察院颁布《关于全面加强新时代知识产权检察工作的意见》等文件，发布指导性案例，深化知识产权刑事、民事、行政检察一体履职，强化知识产权综合保护。

党的二十大报告强调，坚持以人民为中心的发展思想。维护人民的根本利益，增进民生福祉，不断实现发展为了人民、发展依靠人民、发展成果由人民共享，让现代化建设成果更多更公平惠及全体人民。

习近平总书记指出："人民对美好生活的向往，就是我们的奋斗目标。"

全面依法治国最广泛、最深厚的基础是人民，必须把体现人民利益、反映人民愿望、维护人民权益、增进人民福祉落实到全面依法治国各领域全过程；保障和促进社会公平正义，努力让人民群众在每一项法律制度、每一个执法决定、每一个司法案件中都感受到公平正义。

创新是引领发展的第一动力，保护版权就是保护创新。版权不但是文化的基础性资源、创新的重要体现，而且是国民经济的支柱产业、国家综合实力的重要指标，已经成为国家发展的战略性资源、国际竞争力的核心要素。

版权兼具创新属性和文化属性，对于激发文化创新创造活力、坚定文化自信自强，满足人民文化需求、增强人民精神力量，推动中外文明交流互鉴、提升国家文化软实力和中华文化国际影响力，推动版权事业和版权产业高质量发展的重要支撑保障作用日益凸显。

全面加强版权保护，是激励民族创新精神、提高国家竞争力的必然要求，是推进文化繁荣发展、满足人民日益增长的美好生活需要的现实需要。

　　版权创造、版权保护、版权运用与价值转化，让人民群众的文化获得感、幸福感和安全感更加充实、更有保障、更可持续。

　　一切越来越好！

　　我们正阔步走在建设文化强国、版权强国的大道上！